A Novel

# THE CALL OF THE WILD
# 野 性 的 呼 唤

**JACK LONDON**

〔美〕杰克·伦敦——著  贾文浩——译

陕西新华出版传媒集团
三秦出版社

果麦文化 出品

# 目录

第一章　踏入蛮荒　-　1

第二章　棍牙法则　-　20

第三章　称霸的野心　-　36

第四章　夺取统治权　-　61

第五章　雪地上的苦役　-　76

第六章　为了一个人的爱　-　101

第七章　野性的呼唤　-　124

# 第一章
## 踏入蛮荒

从前是那样无拘无束，
旧习随时从心底跳出；
冬眠的野性蛰伏已久，
一朝解禁必再度复苏。

巴克不看报，不然他就会明白快有麻烦了，而且不只他一个，从普吉特湾到圣迭戈沿海一带，每一条健壮的长毛狗都不能幸免。因为有人在冰天雪地的北极摸索搜寻，居然发现了一种黄色的金属，再加上轮船公司和运输公司对这一发现大吹大擂、推波助澜，结果很快便有成千上万的人一窝蜂拥向北方。这些人需要狗，需要那种体型健硕、可以承受辛苦劳作，且皮毛厚重、能够抵御严寒的狗。

巴克住在阳光普照的圣克拉拉谷的一所大宅子里，人们管这宅子叫米勒法官府。宅子远离大路，隐蔽在树木丛中，透过树枝的缝隙，隐隐约约可以看到房子四周那宽大阴凉的围廊。几条鹅卵石车道蜿蜒穿过大片草坪，一直通向房子。道旁有两排高大的白杨树，树枝连接在一起，浓荫如盖。房子后面比前面还要开阔，这里有好几个宽大的马厩，常有十几个马夫、男仆扎堆儿聊天；有几排仆人们住的平房，上面爬满了藤条；有排列得齐齐整整的棚舍仓房，一眼望不到头；有长长的几排葡萄架，大片翠绿的牧场、果园、莓子园。接下来就能看到那口哗哗出水的水井，还有井口的水泵房，旁边还建有一个大水泥池，米勒法官的孩子们早上来这儿晨浴，下午来这儿纳凉。

这么大一片庄园，统统归巴克管辖。他就生在这里，长在这里，如今已经四岁了。当然啦，除了他还有别的狗，这么大的一个地方不可能没有别的狗，可是他们都不算数。他们只不过来来去去，扎堆儿住在狗窝里，要不就是悄无声息地安顿在屋里的一个小角落。比如日本哈巴狗图兹，或者墨西哥无毛狗伊莎贝尔，就是这个样子。这两个奇怪的家伙难得把鼻子探出门外，或是把脚踏出去。另外还有不少猎狐梗，少说也有二十条。有时候，图兹和伊莎贝尔在大群手持扫帚、拖把的女仆保护下，从窗口向外看那群猎狐梗，这帮家伙便穷凶极恶地冲他俩一阵狂吠，吓得两个可怜虫心惊肉跳。

但是巴克既不是养在屋子里的狗，也不是住在狗窝里的狗。整个庄园都是他的领地。他和法官的几个儿子一块跳进游泳池戏水，一块去打猎；在黄昏或清晨，他护送法官的两个女儿莫丽和爱丽丝去散步；寒冬的夜晚，在书房熊熊的炉火边，他蜷伏在法官的脚下；他把法官的几个孙子驮在背上玩耍，或和他们在草地上打滚，护着他们冒险走到马厩院里的水槽边，有时候走得更远，一直走到驯马围场、莓子园那边。在猎狐梗面前，他高视阔步；遇到图兹和伊莎贝尔，他压根儿就不拿正眼瞧他们。因为他才是这里的主宰——主宰着米勒法官府的所有飞禽走兽,连人也包括在内。

他父亲叫艾尔莫,是一条高大的圣伯纳德狗,向来都是形影不离地陪着法官。巴克也很有希望跟他父亲一样。巴克的个头并不大,体重只有一百四十磅,因为他母亲沙普是一只苏格兰牧羊犬。不过在一百四十磅的块头上,因为加持了一种由舒适生活和大家对他的尊敬带来的高贵气质,他身上便带有一种王者派头。自小以来,这四年他都过着贵族般的优裕生活,养成一副高傲的模样,简直有点自命不凡,就像个孤陋寡闻的乡绅有时候表现的那样。但他也没有任由自己堕落成养尊处优的室内巴儿狗。凡打猎之类的户外活动他统统参加,所以锻炼得身强体壮,脂肪少而肌肉发达;他和那些喜欢冷水浴的族类一样,对水的热爱也保证了他身体的强健。

这是巴克在一八九七年秋天的情况,那一年,克朗代克[1]发现金矿,吸引了大批淘金者,从世界各地拥向

---

[1] 克朗代克:在阿拉斯加正东。1896年8月这里发现金矿,引发了1897年至1898年的淘金热。

# 中文分级阅读八年级导读

**亲爱的家长朋友:**

您好!您打开的是中文分级阅读八年级图书。也许您纯粹出于好奇,也许您家里正有一位初中二年级的孩子。

这个阶段的孩子正处于初中生活的分化期,也处于成长发展的转折点。有人认为初二是中学里"最危险"的阶段,因为这个阶段的孩子,学习压力大,心智还不够成熟,情绪处于动荡期,非常容易受外界影响。同时,该阶段的孩子又有追求独立、积极主动、可塑性强的特点。

这套由亲近母语和果麦文化联合打造的中文分级阅读文库,针对这一阶段的孩子专门配备了适宜的阅读套餐。亲近母语有着近 20 年的儿童阅读研究的专业积累,果麦文化有着优秀的出版品质和行业口碑。这套文库,基于亲近母语研发的中文分级阅读标准,根据 1-9 年级儿童的认知与心理特点,以及儿童阅读能力和素养发展的要求,精选 108 本经典作品。为每一个孩子,择选更适合的童书。

我们从这一阶段孩子的语言、阅读和心理特点出发，择选了12本优秀的青少年文学、自然主义文学、名人传记、哲理小说和中外名著，为孩子们搭配出丰富多元的阅读套餐。

这个阶段的孩子仍然对青春期的自我和他人有着浓厚的兴趣。三三的《舞蹈课》就像一本少女秘密的成长日记，讲述了少女在青春期的隐秘心事，语言充满了蓬勃的诗意。程玮的《豆蔻年华》写出了不同观念的碰撞、真挚的友情，和青春少年的迷失、嫉妒和背叛。也让我们看到了青春少年的那种无可阻挡、无比旺盛的希望和力量。

八年级的孩子可以阅读一些富有历史厚度和哲学深度的人物传记。《世说新语》是中国魏晋南北朝时期笔记小说的代表作，让我们领会魏晋风度的神髓，领会一个时代的狂放不羁、率真洒脱。《阿Q正传：鲁迅小说选》篇篇都充满了深邃的反思精神与勇敢的批判力量，相信带给读者的绝不仅仅只有震撼，还有更多的思考。《人类群星闪耀时》是杰出的传记作家斯蒂芬·茨威格的传世之作，书中截取独特的历史视角，开创了人物传记写作的新思路。《钢铁是怎样炼成的》是前苏联作家奥斯特洛夫斯基的一部自传体长篇小说。主人公保尔勇敢、执着、不向命运低头、忠于自己理想信念的精神，影响了一代又一代年轻人。

刘先平的《谁在西沙海底狩猎》和美国作家利奥波德的《沙乡年鉴》都是生态文学的经典，有助于唤醒少年敬畏自然、珍爱生命的心。杰克·伦敦的《野性的呼唤》充满了对动物乃至整个大自然的尊重，用锋利的文字，展现了世间每一个生命原始的勇气和力量。《人类的故事》是房龙的成名作，也是一部以通俗的手法描写人类文明发展史的巨著，兼具人文情怀与理想主义。

无论我们走得有多远，都不能丢掉中国文化的根。朱自清先生针对我国古代典籍过于艰深的特点，撰写了深入浅出的《经典常谈》，是孩子了解中国古代文化的入门指南。《叶嘉莹：爱上古诗词的九堂课》是中国古典文化学者叶嘉莹先生关于"中国古典诗词赏析及吟诵"系列讲座的纪录稿，保留了叶先生厚重典雅、温柔敦厚的语言特点，是一部难得的、关于中国古典诗歌史的通识读本。

茨威格在《人类群星闪耀时》这本书中，截取拿破仑、歌德、西塞罗、列宁、威尔逊等14位伟人一生中具有戏剧性的插曲，刻画了巨人们影响世界进程的14个精彩瞬间。这些瞬间就像宇宙中的一次次超新星爆发，照亮了黑暗的夜空，也照亮了整个人类文明的天空。希望文库中的这些经典好书，也有着炽热的能量，在青少年的精神世界里熠熠闪光。

每一个此刻，都有适合的童书。

期待每一个孩子的成长之路上，都有这套中文分级阅读文库的陪伴！

亲近母语 × 果麦文化

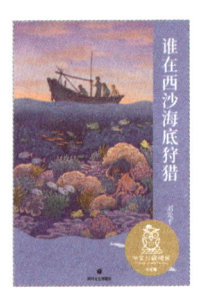

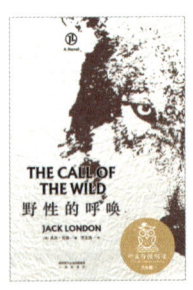

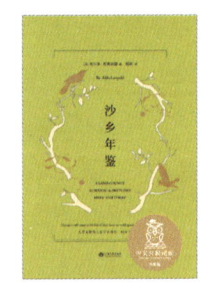

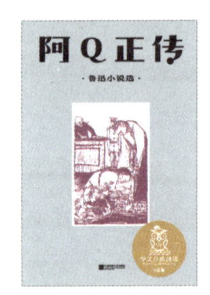

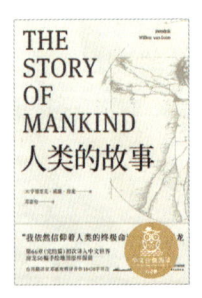

| 豆蔻年华 | 舞蹈课 | 叶嘉莹：爱上古诗词的九堂课 |
| --- | --- | --- |
| 经典常谈 | 人类群星闪耀时 | 沙乡年鉴 |
| 谁在西沙海底狩猎 | 世说新语 | 阿Q正传 |
| 野性的呼唤 THE CALL OF THE WILD | 钢铁是怎样炼成的 | 人类的故事 THE STORY OF MANKIND |

这个冰天雪地的北极地区。不过巴克不看报，他也不知道那个叫曼纽尔的花匠助手不够朋友。这家伙有个改不掉的坏毛病，热衷于"中国式赌博"，而且赌起来还有个致命的弱点——痴迷于一种赌法，所以他注定了要倒霉。这个赌法非得有钱才行，而他当花匠助手的工钱，连养活老婆和他那一大堆孩子都不够。

那天夜里曼纽尔的背叛行为让巴克终生难忘。当夜，法官去参加葡萄种植协会的一个会议了，孩子们都忙着组织一个体育俱乐部。谁都没看见他和巴克穿过果园走出去，巴克以为这不过是出去散散步。谁也没看见他们走到那个叫作"学院公园"的小信号停车站[2]，只除了一个人。那人和曼纽尔交谈了几句，钱币声在他们间叮当作响。

"你该先把货捆好再给我吧。"陌生人不满地说。曼纽尔便用一根结实的绳子，在巴克脖子上戴着的项圈下面系了一个双扣。

---

2　信号停车站：打信号才停车的小火车站。

"你只要一拽，就能勒得他透不过气来。"曼纽尔说。那陌生人哼了一声，表示满意。

巴克默不作声，不失尊严地任由绳子套在自己脖子上。这的确是个不同寻常的举动，但他已经学会了信任认识的人，相信他们比自己聪明。不过，绳子一交到那陌生人的手里，他就咆哮了一声，发出威胁。他这只不过是表示一下自己的不满，而以他自己的尊严来看，这样就足以算是一个必须服从的号令了。不料脖子上的绳套却被突然勒紧，勒得他差点儿背过气去。他勃然大怒，猛地向那人扑去，还没扑到那人，却被绳套卡住了脖子，然后被轻巧地一扭，便四脚朝天摔倒在地上。接着绳套无情地勒紧，巴克拼命地挣扎，舌头从嘴里耷拉下来，宽阔的胸脯剧烈地起伏。他有生以来从没受过这么恶毒的虐待，从没发过这么大的脾气。但是他的力气渐渐不支，眼前一片模糊，当火车在信号旗的示意下停住时，他已经失去知觉，被那两个人抬起来扔上了行李车厢。

苏醒过来后，巴克觉得舌头隐隐作痛，晃晃悠悠像是躺在什么车上一直往前走。忽然响起了一声经过交叉路口时的汽笛，他这才明白自己身在何处。他老跟法官搭火车旅行，自然知道坐在行李车厢里的感觉。他睁开眼睛，目光射出无法遏制的怒火，仿佛一个被劫持的国王。那人一看不妙，立刻扑过来抓他的脖子，但还是晚了一步。巴克一口咬住他的手，死死不放，直到他又一次被勒得失去知觉。

"嘿，有疯病哩。"那人说。一面把被咬得血肉模糊的手遮挡住，免得被行李员看到。对方听见打斗声，已经跑过来了。"我替老板带他到旧金山去，那儿有个高明的兽医，说是能治好这病。"

在旧金山海边的一家酒吧后面的小棚屋里，那人绘声绘色地叙述了一番那天夜里的旅行。

"我就拿了五十块，"他不满意地说，"以后哪怕给一千块现钱，我也不干了。"

他的手上包着一块血糊糊的手绢，右裤腿从膝盖到脚踝全撕开了。

"那家伙拿了多少？"酒吧老板问道。

"一百块，"那人答道，"一个子儿也不肯少，爱信不信。"

"这么说总共是一百五十块喽，"酒吧老板计算着，"这狗的确值这么多，不然的话，就是我这脑袋不够用了。"

狗贩子揭开血糊糊的手绢，看了看自己那只被咬破的手。"我要不得狂犬病才怪——"

"该得，因为你天生就是被吊死的料。"酒吧老板大笑了一声。"来，先帮我一把再走。"他又加了一句。

巴克昏昏沉沉，喉咙和舌头疼得要命，已经被勒得半死不活了，可他还打算向虐待他的家伙示威。但是他一再被摔倒，被勒得喘不过气来。直到他们锉断了他脖子上那个厚重的铜项圈，才解掉绳套，把他扔进了一个笼子一样的板条箱里。

后半夜他一直躺在板条箱里，生着闷气，感到受了奇耻大辱。他无法理解这究竟是怎么回事。这帮陌生人想叫他做什么？为什么把他关在这个狭窄的板条箱里？他不明白为什么，但他隐约感到大难临头了，这种预感沉甸甸地压迫着他。夜里有几次棚屋的门吱呀一声打开，他就一跃而起，眼巴巴地盼着看到法官的身影，就是看到孩子们也好。可是每次看到的都是酒吧老板那张胖乎乎的脸，就着昏黄的蜡烛光窥视他。每一次，巴克嗓子里已经颤动着的欢叫，都会变成恶狠狠的咆哮。

但是酒吧老板没理他，到了第二天早晨，进来四个衣衫褴褛、凶神恶煞的汉子，把板条箱抬了起来。巴克心想这下坏了，准是要对他下毒手了，就隔着板条，冲他们怒吼起来。可是这些人却只是哈哈大笑，还拿棍子伸进板条箱戳他。他立即奋起还击，拼命咬他们的棍子，后来他明白了这些家伙就是要试一试他，才强忍怒火趴下去，任由他们把板条箱抬上一辆马车。接下来，他就一直被关在那个箱子里，经过许多次倒手。先由快运公司的人员看管；再被另一辆马车运走；然后又放在手推车上，和一堆杂七杂八、形状各异的箱子还有包裹一块儿装上一艘渡轮；下了渡轮又被手推车推进一个偌大的火车站，最后总算被安置在了一节快车车厢里。

两天两夜，呼啸的火车头拖着这节快车车厢一直奔跑。两天两夜，巴克没吃没喝。车上的邮差想和他套近乎，他一肚子的气正没处撒，便冲他们咆哮，他们便也不客气地戏弄他。直气得他浑身发抖、口吐白沫，禁不住跳起来扑向板条栅栏，他们反而乐得哈哈大笑，还奚落他。尤其可恨的是他们还学癞皮狗的样儿，冲他又吼又叫，还捏着鼻子学猫叫，摆动手臂学鸡叫。无聊透顶，巴克心想，可是这毕竟越发损害了他的尊严，所以他越忍越气。他倒不太在乎饿肚子，但是没水喝让他渴得忍不了，他备受煎熬、怒气冲天。此时的巴克，已经变得十分激愤敏感，受到的虐待加上喉咙和舌头火烧火燎、又肿又痛，让他心中的怒火熊熊燃烧。

不过有件事令他感到欣慰：脖子上的绳子解掉了。那条绳子让那帮家伙占了便宜，既然解掉了，他可要给他们点儿颜色瞧瞧。他们休想再给他拴绳套。这事他打定了主意。两天两夜他没吃没喝，两天两夜他饱受折磨，心里郁积起来的愤怒，会全部发泄到第一个胆敢挑衅的家伙头上，无论他是谁。他两眼布满血丝，变得凶神恶煞起来。他变得这么彻底，就连法官本人见了，怕也不敢认了。到了西雅图,快车上的邮差们把他扔下车以后,都松了一口气。

四个男人小心翼翼地把板条箱抬下马车,抬到一个高墙围起来的小后院里。出来个大块头汉子,穿一件松领口红毛衣,在车夫的登记簿上签了字。准是这家伙,巴克心里揣摩着,又要挨他的折磨了,想到这儿他忍不住猛撞箱子上的板条。那汉子冷笑一声,取来一柄短斧、一根木棒。

"难道你现在就要把他放出来?"车夫问道。

"当然。"那汉子答道,说罢照板条箱啪地劈了一斧。

抬箱子的四个人应声四下散开,爬到了墙头上,准备在这个安全的位置观看一场好戏。

巴克猛地扑向劈碎的木条,狠咬、撕扯。斧头从外面劈在哪里,他就从里面扑向那里,咆哮狂吠,心急火燎,恨不得立即冲出板条箱。而那个穿红毛衣的汉子镇定自若,却也正是要把他弄出来。

"好啦,你这红眼魔鬼。"那汉子说,这时他已经把板条箱劈开一个大口子，那尺寸够让巴克的身体通过了。汉子一边说着一边把斧子丢开，把那根木棒换在右手上。

这时，只见巴克收拢身体准备向前猛扑，毛发倒竖，口吐白沫，血红的眼睛里射出两道疯狂的光芒，活脱是个红眼魔鬼。他那一百四十磅重的愤怒躯体，加上两天两夜关禁闭的激愤，像离弦的箭，嗖的一声，照准那汉子迎面扑去。刚扑到半空，就在牙齿快要咬住那汉子的一刹那，他猛地挨了重重一击，疼得浑身一抖，只能停止冲击，上下牙喀吧一声紧咬在一起。他身体一翻，背朝下跌落在地。巴克这辈子还没有挨过棒子，一时间弄不明白是怎么回事。他发出一声尖厉的吠叫，猛翻身，又腾空跳起。再次遭到重击，跌落在地。这次他明白了，原来是那根大木棒，可是他在狂怒之中，哪里顾得上防备。他发起十几次攻击，每次都被那根木棒击退，被打翻在地。

挨了特别凶狠的一击后，他费力地爬起来，头晕目眩，无法继续进攻。他浑身无力，步履蹒跚，血从鼻子、嘴巴和耳朵里直往外流,他那一身漂亮的毛皮沾满了血污。接着,那汉子又不慌不忙地照准他的鼻子猛敲一棒。与这一棒带来的钻心剧痛相比,他先前经历过的全部痛苦都不算什么了。他怒吼一声,仿佛一头凶猛的雄狮,又一次朝那汉子猛扑过去。可是那汉子把木棒从右手换到左手上,冷静地抓住他的下颌,先朝下再朝后猛扭,扭得巴克在空中翻了一整圈,接着又翻了半圈,才跌落下来,头和胸口重重地撞在地上。

他又努力冲击了最后一次。那汉子故意留了这一手,一直等到这会儿才用,这一重棒把巴克打得瘫倒在地,彻底失去了知觉。

"我说什么来着,他可真是个驯狗高手。"躲在墙头上的一个人兴奋地叫喊着。

"我看还是哪天去看驯马吧,每个礼拜天都有两场。"车夫说,一面爬上马车赶车上路。

巴克苏醒过来,但并没有恢复体力。他躺在刚才倒下的地方,暗暗观察着穿红毛衣的汉子。

"'名字叫巴克。'"那汉子念着酒吧老板的发货信,信中告知他提取板条箱和箱子里的货物。"哈哈,巴克,我的孩子,"他用友善的口气说,"咱俩只不过发生了点儿小小的吵闹,最好就到此为止了吧。我们都要明确自己的地位。要是做条好狗,一切都会顺利,前途是光明的。要是做条坏狗,我会打得你吃不了兜着走。明白吗?"

他一边说着,一边就放心大胆地拍了拍刚被他毒打过的狗脑袋。经他一摸,巴克禁不住毛发倒竖,但还是忍住没有反抗。那汉子还拿水给他喝,他立即痛饮了一番,后来又拿生肉给他吃,他狼吞虎咽,从那汉子手里吃了一块又一块。

他吃了败仗(这他明白),但他并没有被驯服。有件事他算彻底弄明白了,那就是不能跟手拿棒子的人斗。他吸取了这次教训,一辈子也没有忘记。那根棒子就是个启示,教会了他服从原始法则,不过他这才学了一半。实际生活中还有更严酷的方面,当他无所畏惧地面对那一切时,深藏在天性中的狡诈也被唤醒了。随着时间一天天过去,又有些狗陆续到来,有的被关在板条箱里，有的用绳子拴着，有的温顺，有的和他来到时一样狂暴、咆哮着。他看到这些狗一个个全都归顺了穿红毛衣的汉子。一次又一次，当他目睹那惨烈的场面，他就把那个教训更深切地铭记心中：手持棍棒的人就是制定法则的人，就是必须服从的主人，不过也不必去讨好他。巴克从来不去讨好谁，可他的确看到不少被打服的狗向那汉子大献殷勤，对他摇尾巴，舔他的手。他也见识过一条刚烈的狗，既不讨好谁，也不服从谁，结果在残酷的搏斗中被活活打死了。

常有些人来这地方，都是些陌生人。他们兴奋地交谈着，巧言周旋，讨好穿红毛衣的汉子，玩尽了各种伎俩。每次都有钱在他们之间过手，然后陌生人就会牵走一条或几条狗。巴克心里直纳闷，他们这是到哪里去了，因为他们只要一走，就再也没见回来过。巴克对自己的未来深怀恐惧，每次都暗自庆幸没有人选他。

但是终于轮到他了。有个又瘦又干的矮个子看上了他，这人说得一口破烂英语，听上去很怪，满嘴粗话，大呼小叫的，巴克一点儿都听不明白。

"妈的!"他的目光落在巴克身上时,忽然叫了一声,"那条狗真棒!对不?多少钱?"

"三百块,跟白送差不多了,"穿红毛衣的汉子脱口答道,"再说花的是政府的钱,你就别压价了,是不,波罗特?"

波罗特咧嘴笑了笑。由于异常大的需求量,狗的价格扶摇直上,这个价钱买这么一条狗,也还算公平合理。加拿大政府当然不会吃亏,也不愿让公文在路上耽搁。波罗特对狗很在行,他一见巴克,就知道这是条千里挑一的好狗——他心里评价道:"是万里挑一才对。"

巴克看见那人拿出钱交给了穿红毛衣的汉子,所以这瘦干巴矮个子牵走他的时候,他并不感到意外。和他一块儿被牵走的还有一条温顺的纽芬兰犬,名叫"卷毛"。那是他最后一次见穿红毛衣的汉子,随后他和卷毛在"独角鲸号"轮船甲板上,望着西雅图渐渐消逝,那也是他最后一次看见温暖的南方[3]。波罗特把他和卷

---

[3] 西雅图地处美国西北,但这里的"南方"是针对加拿大而言。

毛牵到底舱，交给了一个名叫弗朗索瓦的黑脸大汉。波罗特是个法裔加拿大人，皮肤黝黑；而弗朗索瓦是法裔加拿大人和印第安人的混血儿，皮肤更黑了一倍。在巴克的眼里，他们是从来没有见过的另一种人（他注定要见到更多），尽管他对这些人并没有产生什么好感，但他心里还是渐渐对他们敬重起来。没过多久他就看出，波罗特和弗朗索瓦都是公正的人，能冷静而不偏颇地掌握法则，跟狗打交道也十分在行，绝对不会上狗的当。

在"独角鲸号"的甲板上，巴克和卷毛遇上了另外两条狗。其中一只浑身雪白，高大健壮，是被一个捕鲸船船长从斯匹次卑尔根岛[4]带走的，后来又跟着一个地质考察队去过加拿大北部那片寒冷的不毛之地。这家伙面似友善，其实奸诈，虽然一副笑脸，但心里藏着鬼胎。比方说，第一顿饭就把巴克那一份偷走了。巴克发现后立即扑过去收拾他，这当儿，弗朗索瓦一个响鞭先抽在窃贼身上，接下来并没有打巴克，还让他收回了那

---

4 斯匹次卑尔根岛：挪威境内一岛屿，位于北冰洋的斯瓦尔巴群岛，北格陵兰以东。

块骨头。弗朗索瓦这一着很公平，巴克断定，于是这个印第安混血儿开始赢得他的尊敬。

另外那条狗和谁都不冷不热，不过他也不打算偷新伙伴的食物。他性格郁闷孤僻，曾明白地向卷毛表示，他就喜欢独处，要是有谁不让他安静待着，可别怪他不客气。他名叫"大福"，总是吃了睡，睡了吃，要不就是伸懒腰打哈欠，对其他什么都没兴趣，就连"独角鲸号"穿过夏洛特王后海峡时，轮船着了魔似的剧烈摇晃、颠簸，他也照样无动于衷。巴克和卷毛紧张得要命，都快吓疯了，而他却仿佛不胜其烦似的抬起头来，无精打采地看了他们一眼，便又倒头接着睡他的觉。

螺旋桨日夜旋转，轮船不停颤动，虽然几乎每天都是如此，但巴克明显地感觉到天气变得越来越寒冷了。终于在一天清晨，螺旋桨平静下来。"独角鲸号"上弥漫着一种兴奋的气氛。他和另外那几条狗也都觉察到了，预感到就要发生什么新情况了。弗朗索瓦用皮带把他们一一拴好，牵到甲板上。刚一踏上寒冷的舱面，巴克的脚就陷进了一层很像泥巴的白白软软的东西里。他不由得哼了一声蹦回来。这白色的东西还纷纷扬扬从天空往下落。他浑身抖搂了一下,可是这东西还是不停地往他身上落。他好奇地把鼻子凑过去闻了闻,伸出舌头舔了舔,感觉像被火烧了一下似的,不过转眼就没感觉了。这让他好生奇怪,忍不住又试了试,结果还是一样。旁边的人见此情景,哈哈大笑起来。他感到一阵羞愧,却弄不明白是怎么回事,因为这是他平生头一次看见雪。

## 第二章
# 棍牙法则

巴克在迪亚海滩度过的第一天真是一场噩梦，每时每刻都充满了震撼惊骇。他突然被人从文明的中心抓走，扔到了蛮荒的原始腹地。这可不是成天无所事事、懒洋洋地吃饱了晒太阳的日子。这里没有安宁，不能休息，也不存在片刻的安全感。一切都处在混乱忙碌之中，每时每刻都有性命之忧、伤身之虞。必须时刻保持警惕，因为这里的狗和人绝不是城里的狗和人。他们野性十足，根本不知道有法律这一说，只知道一种棒牙法则。

这帮家伙打起架来像狼一样凶狠，巴克还从来没有见过这么残暴的打架场面，这种经历给了他一个终生不忘的教训。没错，这次并非他亲身经历，否则他就不会活下来并从中获益了。受害者是卷毛。当时他们在一个原木搭建的店铺附近露宿，卷毛主动上前去对一条爱斯基摩狗示好，那条狗还不及她一半大，个头跟一条成年狼差不多。冷不防，那条爱斯基摩狗闪电般蹿过来，只听咔嚓一声，牙齿发出金属碰撞般的声响，旋即又迅速蹿开，只见卷毛脸上已经是皮开肉绽，从嘴角到眼睛撕开一个大口子。

这是狼打斗的方式，打了就跑，可是这事还没完呢。突然间，打斗现场一下子跑来三四十条爱斯基摩狗，不动声色地把打架的两条狗团团围住，严阵以待。巴克弄不明白他们为什么要这样，也不明白他们为什么那么迫不及待地舔着自己的牙齿。卷毛朝对手扑去，对手又是咬一口就跑。卷毛再次朝对手扑去，这次对手用胸脯抵挡她，这奇特的迎击一下就把卷毛撞翻在地。她再也没能站起来。那些观战的爱斯基摩狗等的就是这一刻。他们一拥而上，咆哮撕咬，卷毛被压在一大群长毛躯体底下，发出尖厉的惨叫。

事情来得太突然、太出乎意料了，着实让巴克感到不寒而栗。他看见斯皮兹耷拉着血红的舌头，像是在大笑；他还看见弗朗索瓦挥舞着一把板斧冲进乱作一团的狗群。还有三个人拿着棒子帮他驱散狗群，这没花多少时间。从卷毛倒下到攻击她的最后一条狗被棒子打走，不过两分钟的光景。但是卷毛已经瘫在地上断了气，雪地上血迹斑斑，一片狼藉。卷毛简直被撕成了碎片，气得黑脸混血儿站在她身边破口大骂。这情景在巴克睡梦中反复出现，搅得他睡不安稳。原来是这样，这种较量毫无公平可言。一旦倒下，你就玩儿完了。好吧，他要牢牢记住，无论如何也不能倒下。斯皮兹又吐出舌头笑起来，从那一刻开始，巴克就对他怀恨在心，那是一种终生不变的仇恨。

卷毛的死让巴克极为震惊，但他还没来得及平静下来，就受到了另一个震动。弗朗索瓦在他身上系了一套皮扣带。这是一套驾驭狗的绳具，就像原来在家见到马夫往马身上套的那种。于是就像他曾见过的马干活儿那样，他也被迫开始干活儿了，拉着雪橇载着弗朗索瓦前往山谷边的森林,拉回满满一雪橇柴火。这简直是让他当牛做马,他的尊严受到了严重伤害,不过他很聪明,并没有因此而反抗。他咬紧牙干起来,而且干得很卖力,尽管这活儿对他来说还是很陌生、很奇怪的。弗朗索瓦很严厉,说一不二,命令要立即服从,他仗着手中的皮鞭,把一群狗调教得俯首帖耳、唯命是从。大福驾辕很老练,一见巴克出错,就咬巴克的后腿。斯皮兹是条领头狗,本领不亚于大福。尽管他没法动不动就咬巴克,可他老是对巴克龇牙咧嘴;要不就略施巧计,猛地绷紧缰绳,把巴克弹回到应该待着的位置上去。巴克学得很快,凭着两个伙伴的带领监督,以及弗朗索瓦的指导训练,他有了显著的长进。回到营地之前,他就学会了一听到"嚯"的吆喝声就立马站住,一听到"驾"的吆喝声就立马起步,转弯时要跑外圈,装着货的雪橇下坡时会追着他们的后腿飞速滑行,这时要离驾辕的狗远一点儿。

"这三条狗真棒,"弗朗索瓦跟波罗特说,"瞧那巴克,拉起橇来跟他妈玩命似的。用不着怎么教,一学就会。"

到了下午，赶去送急件的波罗特，又带了两条狗回来。他管他们叫"比利"和"乔"，这一对儿是兄弟俩，地道的爱斯基摩狗。虽说是同胞兄弟，脾气性情却截然不同。比利有个毛病是脾气太好；乔却恰恰相反，性格内向，脾气暴躁，眼睛总恶狠狠地瞪着。巴克对他俩一视同仁，都当作伙伴，大福压根儿不搭理他俩，斯皮兹则扑上去咬了弟弟又咬哥哥。比利并不想惹是生非，和气地摇着尾巴，见这样做没用，扭头就跑。斯皮兹的尖牙咬到他腰上时，他就大叫起来（还是那种和气的声调）。可是无论斯皮兹怎样绕圈挑衅，乔总是原地转动，面向来犯者竖起鬃毛，倒伏双耳，抽动鼻子，猛呱嘴巴，咆哮示威，眼睛里露出两道凶光——一副负隅顽抗的困兽模样。那样子非常可怕，斯皮兹也怕他三分，本想给他个下马威，见此情景只好作罢。为了掩饰自己的尴尬，他转而扑向息事宁人、呜呜乞和的比利，一直把他追逼到营地边缘。

天黑之前，波罗特又弄来一条狗，是一条爱斯基摩老狗，躯干瘦长，憔悴干瘪，脸上有打斗留下的累累伤疤，只剩了一只眼睛，闪烁着凛然不可侵犯的光芒，令人敬畏。他名叫索雷斯，那意思是"暴君"。和大福一样，他什么也不求，什么也不给，什么也不期待。他慢慢悠悠从容不迫地走到大家中间时，就连斯皮兹也不敢招惹他。他有个怪癖，巴克很不幸地没有察觉。他不喜欢别人从瞎眼的那一侧靠近他。巴克无意中犯下了这个错误，等发现自己的鲁莽时已经晚了。索雷斯猛地扑上去，在他肩膀上撕开一道三英寸长的口子，露出了骨头。从此以后，巴克决不到他瞎眼的那一侧去，直到分手，他俩之间都没有出过什么麻烦。索雷斯唯一明显的愿望，就是像大福一样孤身独处。不过巴克到后来才明白，他们个个都有另一个更大的志向。

那天夜里，巴克遇到了睡觉的重大问题。帐篷里点着一支蜡烛，在白茫茫的原野上发出一丝温暖的光芒。于是他自然而然地走进了帐篷，不料却遭到了波罗特和弗朗索瓦两人劈头盖脸一顿痛骂，还随手抄起烹饪器具砸过来，惊得他连忙逃回寒冷的野地里。

朔风呼啸，吹得他浑身发冷，更不用说肩上还有个新添的伤口，疼得直钻心。他趴在雪地上打算睡觉，可是冰雪刺骨难忍，他只好又站起来，在帐篷周围忧愁地转悠。他发现到哪都是一样的冷，而且时不时都会蹿出条恶狗袭击他。于是他也竖起脖子上的鬃毛，一阵狂吼（他学得挺快），镇住来犯者，让他们不敢再找他的麻烦。

后来他总算想出了一个主意，回去看看同伴们是怎么睡觉的。令他吃惊的是，同伴们都消失了。他又在营地上转悠了一阵，找他的同伴。但找了一圈一个也没找着。莫非他们在帐篷里？不可能，一进去就会被轰出来的。那么他们究竟上哪儿去了？巴克夹着尾巴，浑身哆嗦，漫无目的地绕着帐篷转悠，绝望极了。忽然，他的前爪陷进雪里，有什么东西在下面扭动起来。他一惊，猛地抽回前爪，竖起鬃毛一阵狂吼，对这看不见的未知生物感到害怕。但是一声友好的轻唤回应了他，他这才放心，又上前去看个究竟。一股热气从雪里冒出来，钻进他的鼻孔。原来是比利，只见他蜷缩着身体，躺在积雪下面，正和气地哼着，还扭动了几下表示友好，为了求得安宁，甚至还伸出舌头舔了舔巴克的脸。

又上了一课。看来他们就是这样睡觉喽。巴克信心十足地选了一个地方，费了半天劲挖好了一个雪洞。不久他身上散发出的热气就弥漫在雪洞里，他也就暖暖和和地睡着了。在这漫长而辛苦的一天之后，他睡得十分香甜，不过一直有噩梦搅扰，在梦里他还是不断地狂吼、打斗。

巴克一整夜都没睁开过眼，一觉睡到营地的嘈杂声把他从睡梦中吵醒。醒来后他一时没弄清自己在什么地方。夜里下了雪，把他整个儿埋住了。雪像墙一样覆盖了他全身，一种巨大的惊恐席卷了他——那是野兽对陷阱的惊恐。这是一个迹象，表明他正从自己的生活向祖先的生活回归。因为他是条生活在人群当中的狗，跟人生活得太久了，凭自己的经验，压根儿不懂什么是陷阱，所以不会产生这种惊恐。出于本能，他浑身的肌肉都在抽动收缩，脖子和肩头的鬃毛都竖了起来；他尖厉地大吼一声，霍地腾空跳起，猛地发现自己置身于炫目的白昼，飞起一团雪雾弥漫在自己周围。脚还没着地，他已经回过神来，明白了自己是在什么地方，想起了自己被曼纽尔带去散步以来发生的一切，以及昨夜挖洞的情景。

他刚一露面，弗朗索瓦便兴奋地高喊起来。"我说什么来着？"这家伙对波罗特大声嚷嚷道，"巴克这小子学得可真够快的。"

波罗特一本正经地点头表示同意。他身为加拿大政府的信使，随身带有重要公文，急于弄到最有能耐的狗，搞到巴克的确叫他满意极了。

一个小时内，队伍里就又添了三条爱斯基摩狗，总数达到了九条。又过了不到一刻钟，所有的狗都套上了缰绳，出发踏上了通往迪亚峡谷的雪路。离开这里巴克倒挺高兴，虽然要干的活儿很辛苦，但他倒也并不特别嫌弃。他有点纳闷，怎么会有这么迫切的情绪，让整个队伍都奋发鼓舞，连自己也受到了感染。不过更让他惊讶的是，大福和索雷斯的变化。他俩是新来的，但一套上缰绳就变得不一样了。他们身上的懒散麻木一下子消失得无影无踪。他俩机警活跃，努力干好工作，只要工作稍有延误，不管是队伍停顿下来或是乱了队形，他们就会暴跳如雷。干这拉雪橇的苦力，似乎是他们的本分，是他们生存的最高体现，是他们生命的唯一目标，是他们赖以获得乐趣的全部源泉。

大福是驾辕狗或叫雪橇狗，前面拉套的依次是巴克和索雷斯，再往前隔着一段距离才是其余的狗，一字儿排开紧紧跟在领头狗身后，担当领头狗职责的是斯皮兹。

巴克是被故意安排在大福和索雷斯之间的，这样他就会学到本领。他的确学得快，他俩也很会教，用他们的尖牙当训练工具，一看到错误马上纠正。大福聪明正直，从来不会无缘无故咬巴克一口，但凡需要调教的时候，也绝不会少咬一口。大福背后还有弗朗索瓦用皮鞭给他撑腰，所以巴克认识到，与其报复，还不如改正错误来得划算。一次，队伍停下来稍事休息，出发时巴克被绳子缠住，耽误了时间。大福和索雷斯一块儿扑上来，恶狠狠地教训了他一顿，却也把绳子弄得更乱了。不过那以后他干活儿都特别小心，再也不弄乱绳子了。没到一天，巴克就干得非常熟练，两个同伴也差不多不再咬他了。弗朗索瓦的皮鞭也挥得少了，波罗特甚至还很体贴巴克，把他的脚一只一只抬起来，细细查看一遍。

他们实实在在地跑了一整天，跑过峡谷，穿越平原，翻过山丘，越过林带，掠过百丈冰崖、千尺雪堆，最终翻越了奇尔库分水岭。山岭雄踞咸水和淡水之间，威严地守卫着悲凉孤寂的北方。这一路上风驰电掣，经过一连串死火山口形成的湖泊，直跑到深夜，队伍才赶到班尼特湖口的大片营地。成千上万的淘金者在这里打造小船，预备春天冰雪融化成河的时候使用。巴克在雪地上挖了个洞，他早已累得筋疲力尽，便一头钻进雪洞里睡了。第二天一早他又被轰起来，在寒冷的黑暗中，和同伴们一起套上了雪橇的缰绳。

那天他们一口气跑了四十英里，因为雪道是压瓷实了的；可是接下来的一天，以及这以后一连许多天里，他们无路可循，只好自己开道，十分辛苦不说，跑得也慢了。一般波罗特总是走在队伍最前面，脚上穿着带蹼的鞋，把雪先踩瓷实，好让大伙拉橇容易一点儿。弗朗索瓦操纵雪橇的方向杆，偶尔也和波罗特换一下，但次数很少。波罗特赶路很快，他很得意自己对冰的了解，这都是必不可少的知识。秋天的冰薄得很，而水流迅疾的地方，根本不结冰。

巴克日复一日地在路上跑着，也不知哪天是个尽头。他们总是天不亮就动身，天边刚露出一道鱼肚白，他们早已经把大段的路程甩在了身后。而且又总在天黑后才扎营，吞几口鱼肉就钻进雪里睡了。巴克很饿，他每天的口粮就是一磅半晒干的鲑鱼，吃完肚里还是空空的。他永远吃不饱，老是饿得肚子疼。而别的狗因为体重比他轻，加上生来就过着这种生活，所以尽管口粮只有一磅鱼，也还过得挺滋润。

巴克很快就丢掉了过去那种讲究吃喝的斯文。他发现同伴们吃得飞快，吃完自己的就抢他还没吃完的。真是防不胜防，这边刚轰走两三个，那边食物却早下了另一些家伙的肚。为防屡遭抢劫，他也像他们一样狼吞虎咽；在饥饿的驱使下，他也顾不得许多斯文，不属于自己的，他也瞅机会下手。他细心观察和学习。他看见新来的叫派克的狗，一个惯于装病偷懒的小偷，曾趁波罗特不注意偷了一块咸肉。第二天巴克也如法炮制，偷走了整块咸肉。这下惹出了大乱子，但是他并没有受到怀疑。名叫大笨的狗代他受过了，那家伙笨头笨脑的，总被逮个正着。

第一回偷窃表明，巴克可以在北方恶劣的环境中生存下来；也表明巴克的适应能力强，能根据变化了的生存条件调整自己的行为，如果缺少这种能力，很快就会悲惨地死去；还表明他的道德观念也将崩溃得支离破碎，在严酷无情的生存斗争中，道德观念是一钱不值的废物，是一种缺陷。这玩意儿在南方还是蛮不错的，那里讲的是博爱、友谊，尊重私有财产和个人情感；但是在北方，讲的就是棒牙法则，谁要考虑那种东西，谁就是大傻瓜。要是谁还把那玩意儿放在心上，他的前途可就实在堪忧了。

这个道理并不是巴克通过逻辑推导得出的，他不过是一个适应者。他纯粹是无意识地适应了这种新的生活方式。过去不管发生什么争斗，他从来不曾临阵脱逃。但是那个穿红毛衣的汉子用大棒教导了他，打得他明白了一个更基本、更原始的法则。在文明环境中，他可以为道义而死，比如为了捍卫米勒法官的马鞭；而如今，他的文明道义已经彻底沦丧，为了免遭皮肉之苦，在捍卫道义的战斗面前，他会临阵脱逃。他并不是为了好玩才去偷东西，而是因为难以忍受的饥饿。抢夺也并不明目张胆地干，而是干得不声不响、狡猾巧妙，这样才能避免棒牙之灾。简单地说，这样做可以让他活得更容易些。

　　他长进（或者说倒退）飞快。肌肉变得钢铁般结实，一般的疼痛对他来说早已无所谓了。他充分利用身体内外的一切可利用的因素。他能吃下任何东西，不管多么难以下咽，也不管多么不好消化。一旦吃了，他的胃液会把一丝一毫的营养都榨取干净；而他的血液会把这营养输送到身体的最末端，用来滋养那无比坚韧结实的肌体组织。他的视觉和嗅觉变得异常敏锐，听觉也灵得出奇，熟睡中哪怕听到一点点极轻微的响动，也能判断出，那意味着平安无事，还是潜伏着危险。他学会了把粘在脚趾间的冰块咬出来；口渴想喝水的时候，他会用僵硬的前腿把水坑上覆盖的厚冰踩碎。他最突出的本领是能提前一晚嗅出风向，进行预测。在树下或堤旁掘洞时，哪怕当时一丝儿风也没有，随后要是刮起大风，他也总能舒服地睡在背风处，遮挡得严严实实。

　　他不仅是从经验中学习，而且身上那早已泯灭的本能也渐渐复苏。经过无数代驯化的习性从他身上消退了。隐隐约约，他回忆起了狗族从前的岁月，那时成群的野狗在原始森林里游荡，追捕并咬死猎物。学会撕咬、像狼一样突然袭击，这些对他来说都不算什么。这是远祖们的搏斗方式。这种特性在他体内迅速复活了，经祖祖辈辈一再使用已经成为族类遗传的本领，如今他都具备了。这些本领他用不着学习、琢磨，仿佛就是他与生俱来的。漫漫寒夜，他常把鼻子对着星星，像狼一样仰天长啸。他那早已死去化作尘土的祖先们，就一直是这样把鼻子对着星星仰天长啸，数百年后，也传到了他身上。他的声调和祖先的声调毫无二致，那声调表达了祖先的悲哀，表达了他们对寂静、寒冷和黑暗的感受。

古老的歌声在他心底澎湃，他又恢复了原来的本性。这也象征着生命不过是一场听任摆布的傀儡戏。他之所以恢复本性，只是因为人们在北方发现了一种黄色金属；是因为曼纽尔这个花匠助手挣的钱养不活他老婆和那一窝小崽子。

# 第三章
# 称霸的野心

巴克身上潜伏着一种强烈的争霸的野性,在拉雪橇的路途中,条件十分恶劣,这种野性更是与日俱增。不过这是一种难以觉察的变化。他新学会的狡黠,让他始终能保持镇定自若。他忙着适应新的环境,心里并不轻松。他不仅不主动挑起战斗,还尽量避免发生的可能。谨小慎微变成了他的习惯。巴克从不轻举妄动,虽说他和斯皮兹之间有切骨之仇,但他表面上不露半点痕迹,巧妙地避其锋芒。

而斯皮兹却正相反,大概是他感到巴克是个危险的竞争对手,所以不放过每一个逞凶的机会。他甚至故意找茬欺负巴克,时常想挑起战斗,拼个你死我活。要不是发生了一件不同寻常的事，上路不久就会爆发这样的战斗。那天结束时，他们来到荒凉凄惨的勒巴日湖畔露宿。当时下着鹅毛大雪，刮着刺骨寒风，天色阴暗，他们只能先寻找栖身之地。上路后这么恶劣的条件他们还是头一回遇到。身后耸立着一面岩石峭壁，波罗特和弗朗索瓦只好在湖面的冰上生火，铺开睡觉用的袍子。为轻装上路，他们把帐篷扔在了迪亚。几根漂木用作了柴火，可是火堆很快把冰烤化，陷下去熄灭了，他们只好摸着黑吃了饭。

巴克在紧贴着挡风的悬崖下面的地方做了个窝，睡在里面温暖又舒服。弗朗索瓦把在火堆上融化的鱼分给大家吃的时候，他都不情愿离开。可是等他吃完自己那一份回来时，却发现自己的窝被占了。一声表示警告的低吼声告诉他，来犯者是斯皮兹。巴克本来一直都避免和这个对头发生麻烦，可是这次也太过分了。他身上的野性霍地升腾上来，一时怒不可遏，猛地扑向斯皮兹。这举动令双方都感到吃惊，尤其是斯皮兹，他和巴克相处了这么久，一直以为对手是个逆来顺受的胆小鬼，能混下来是因为他长得五大三粗罢了。

弗朗索瓦看着他俩扭成一团从塌陷的窝里蹿出来,也禁不住吃了一惊,他立刻便明白了事情的缘由。"嘿!"他冲巴克吼了一声。"给他算了,天哪!给他算了,那个不要脸的贼!"

斯皮兹也巴不得大战一场。他气急败坏地叫喊着,心急火燎地兜圈子,找机会反扑。巴克也毫不让步,毫不大意,来回绕圈,寻找有利时机。不料就在这时,突然发生了意想不到的情况。这事后来一直让他俩争霸不休,在漫长的劳苦路途上始终没有停息。

波罗特咒骂一声,一棒子打在一个骨瘦如柴的躯体上,重得发出了回响。随即是一声疼痛的尖叫,这些响声预示着一场混战来临。营地上突然出现了一帮骷髅似的长毛家伙——饥肠辘辘的爱斯基摩狗,足有百八十条,是闻到了营地的气味儿从附近印第安村落里跑来的。这群恶狗趁巴克和斯皮兹打架,悄悄溜进了营地。波罗特和弗朗索瓦冲进狗群里挥起粗粗的大棒狠打,它们还龇牙咧嘴地反扑。它们嗅到了食物的气味儿,兴奋得发狂。波罗特见有只狗把脑袋伸进了食物箱里，便猛一棒子砸在那家伙干瘦的肋骨上，结果箱子被弄翻在地。顷刻之间，便有二十来条饿红了眼的凶狗大肆抢夺散落在地上的面包和咸肉，任凭乱棒打在身上也不管。棒下如雨，打得它们嗷嗷乱叫，但却依然疯了似的抢夺着，直到把最后一块面包渣咽下肚。

与此同时，受惊的拉橇狗也都从各自的栖身之处跑出来，却立即遭到穷凶极恶的入侵者的猛扑。巴克还从没见过这样的狗。这帮狗个个瘦得皮包骨头，好似一副副骨头架子，外面松松垮垮地盖着一张狗皮，它们两眼如炬，犬牙毕露，口水直流。它们都饿疯了，凶得厉害，根本抵挡不住。头一个回合，拉橇狗就全败退到了岩石边。巴克遭到三条爱斯基摩狗的围攻，转眼间，头上、肩上都被撕开了口子。喧闹声一片，听上去可怕极了。比利照例叫个不停。大福和索雷斯负伤几十处，浑身淌血，但仍英勇抵抗，并肩作战。乔像着了魔似的疯咬敌人。有次一口咬住了一条爱斯基摩狗的前腿，只听咔嚓一声，咬断了骨头。平时老装病的派克腾地扑向瘸了腿的爱斯基摩狗,闪电般地咬住脖颈,猛一抖,便弄断了它的脖子。巴克咬住一个敌人的脖子,咬得它直吐白沫,牙齿洞穿颈静脉时,血溅了巴克一脸。热乎乎的血液顺着牙齿流进嘴里,血的滋味刺激得他越发凶猛。他立刻又扑向另一个敌人,同时却感到自己的脖子被咬住。是斯皮兹,这个奸细恶毒阴险地从背后下手。

波罗特和弗朗索瓦把狗群从他们那里赶跑后,马上跑来援救自己的拉橇狗。在他俩面前,那群饿疯了的狗像退潮一样撤离,巴克也挣脱出来。但这情形只维持了片刻的工夫。两人不得不跑回去抢救食物,爱斯基摩狗群便掉转头,又向拉橇队伍发起进攻。比利因为恐惧反倒变得勇敢起来,冲破敌人的包围,从冰面上逃跑了。派克和大笨紧随其后,于是整个队伍都紧跟着从这个缺口逃走了。巴克鼓足力气跟着队伍奔逃时,眼角的余光发现斯皮兹从侧面向他扑来,显然是企图把他撞倒。一旦在爱斯基摩狗群里倒下,他可就玩完了。于是他死死地抵挡住了斯皮兹的撞击,随即追赶上了突围后奔向湖面的队伍。

之后,全队九条狗结伴逃到密林里藏身。尽管后面已无追兵,可他们的处境十分可怜。每只狗身上都伤了四五处,有的还伤得很厉害。大笨的一条后腿伤得很重;在迪亚最新加入队伍的爱斯基摩狗多利,脖子被撕开了一个大口子;乔瞎了只眼;好脾气的比利一只耳朵被撕得稀烂,疼得哭叫了一夜。破晓时分,大家疲惫地回到营地,发现入侵者已经离去。波罗特和弗朗索瓦生着闷气,口粮足足少了一半。那群爱斯基摩狗把拉橇的绳具和帐篷布都嚼烂了,实际上,不管是什么东西都没能幸免。它们吃掉了波罗特的一双鹿皮靴,吃掉了好几截皮缰绳,还把弗朗索瓦的皮鞭梢吃掉两英尺。他沮丧地盯着皮鞭看了半晌,终于回过神来去看那些受了伤的狗。

"啊呀,伙计们,"他轻声说,"没准你们都会变成疯狗呢,咬了这么些伤口。没准都会变成疯狗,天哪!你说呢,哎,波罗特?"

信差弗朗索瓦摇摇头，不敢肯定。这儿离道森[5]还有四百英里的路程，要是这些狗得了疯病，那他可就赔惨了。他们不停地咒天骂地，足足弄了两个钟头，才把缰绳结好，受了重创的队伍终于又跌跌撞撞地上路了。他们痛苦地挣扎在启程后遇到的最艰难的路途上，同时也是横在他们和道森之间的最艰难的一段路途。

"三十英里河"辽阔宽大。水流汹涌，阻碍了封冻，只有水涡处和河面平缓的地方，才有些零零星星冻结的冰面。得艰苦跋涉六天，才能走完这三十英里路。这段路的确可怕，人和狗每走一步都要冒生命危险。波罗特拿着一根长木杆走在前面探路，有十几次踩碎了浮冰，掉进水里，亏得有长杆横架在冰窟窿上才得救。但是偏偏这时又来了寒潮，气温降到了零下五十几度，所以每次他落水爬上来后，就得立刻生火烤干衣服，不然非冻死不可。

什么也吓不倒他。正因为什么也吓不倒他，政府才

---

5 道森：现加拿大西北部一城市。

挑了他来执行信差的使命。他甘冒任何风险,在冰天雪地的严寒中,他那一张布满皱纹的小脸,坚定不移地朝向前方,天天摸黑起身,一直劳累到夜里。他绕开冰面上那些曲折险恶的河岸,只要脚一踩上去,冰就下陷裂缝,他们根本不敢停留。有一次,雪橇压塌了冰,大福和巴克也跟着一块儿落水,把他们拉上来时,几乎都冻成了冰棍儿,险些淹死。按老办法要生火烤上半天才能救活他们。他们身上像穿衣服一样严严实实地结了一层硬冰块,波罗特和弗朗索瓦赶着他俩绕着火堆不停地跑,离火近得都有燎毛的味道飘散出来,就这样一直跑到出了汗,身上结的冰也慢慢融化掉才罢休。

另一次,斯皮兹掉水里了,把后面的队员全都拖了下去,眼看就要到巴克了,这时巴克用尽全身力气往后拉,前爪就撑在滑溜溜的断冰边缘,滑溜溜的冰噼噼啪啪地响,还不停地上下颤动。但他后面是大福,也像他一样拼命往后撑,再往后就是雪橇,雪橇后面是弗朗索瓦,他拼命拉得直到自己的肌腱裂开。

河岸边的冰再次在他们前后塌了大片,他们没有退路，除非能攀上悬崖。波罗特奇迹般地爬上绝壁，而弗朗索瓦一心企盼的就是这种奇迹。他们用上了每根皮带、每截皮鞭以及所有的缆绳，拧成一根长长的绳索，把狗一个接着一个吊上了崖顶。弗朗索瓦等雪橇和货物都拉上去以后，才最后一个上去。然后又得找个地方下去，最后还是靠绳索拉着慢慢下，直弄到夜里，才又回到河面上，结果一天才走了四分之一英里的路程。

等到走上胡特林那段结实的冰面时，巴克已经筋疲力尽了。别的狗也和他差不多。但是波罗特为把损失的时间补回来，硬是逼大家起早贪黑地没命赶路。第一天走了三十五英里，抵达大鲑鱼河；第二天又是三十五英里，到达小鲑鱼河；第三天一口气走了四十英里，眼看就要到五指湍了。

巴克的脚不像爱斯基摩狗的那么坚硬。自从他最后一个野性的祖先被穴居人或大河流域居住的人驯化，经许多代过后，脚已经变软了。他一整天都忍着疼痛一瘸一拐地走路，一熬到宿营便扑倒在地，像条死狗。尽管肚子饿，可他连起来吃自己那份鱼的劲儿也没有，弗朗索瓦只好亲自把鱼送到他跟前。每天晚饭后，弗朗索瓦还要花上半个钟头给巴克揉脚，还用自己的鹿皮靴帮子给巴克做了四只皮鞋。这下可大大减轻了巴克的痛苦。一天早上，弗朗索瓦忘了给巴克穿鞋，巴克便仰躺在地上，四脚朝天晃动着，意思是说：快来给我穿鞋，要不我就不起来。见此情景，连波罗特那张满是皱褶的瘦脸上都拧起一个笑容来。后来，他的脚在路途上磨炼得越来越坚硬了，才把四只穿破的鞋子扔掉。

有天早上，他们正在佩利河口忙着套绳具，一向默默无闻的多利突然疯了。她猛地发出一声尖厉的长嗥，听得大家毛骨悚然，知道她是疯了，接下来，她便径直扑向巴克。巴克从来没有见过疯狗，也就不知道害怕。不过他还是看出眼下情形很可怕，不由得一阵惊恐，掉头就逃。他拼命向前飞奔，身后多利和他保持着一跳可及的距离，气喘吁吁、口吐白沫地狂追不已。多利追不上巴克，因为巴克太恐惧了，跑得飞快；可是他也甩不掉多利，对方疯得太厉害。巴克逃进了小岛顶部的一片树丛里，又冲下来逃向低洼的岛边，越过一道布满冰凌的小河沟，逃到另一个小岛上，一连跑过三个小岛后，又绕回了主河道，巴克绝望得不顾一切向对岸逃去。尽管没有回头，他还是能听见多利在自己身后仅一步之遥，咆哮不止。弗朗索瓦在离他四分之一英里处朝他高声吆喝，他于是掉头折返，依旧是仅领先一步，喘得上气不接下气，把全部希望都寄托在弗朗索瓦身上，就靠他来搭救了。只见弗朗索瓦手持斧头，就在巴克像箭一样冲过他身边的一刹那，斧头寒光一闪，劈在疯狗多利的脑袋上。

巴克累得筋疲力尽，靠在雪橇上呜呜叫着，拼命喘气，无助极了。斯皮兹见机会来了，猛地扑向巴克，接连两次用尖牙深深咬进无力抵抗的对手的皮肉中，撕得皮开肉绽，露出骨头。这时弗朗索瓦的皮鞭落下来，巴克满意地看着斯皮兹挨鞭子，以前谁都没有领教过这么重的鞭打，这是弗朗索瓦抽得最凶狠的一次。

"斯皮兹，这个魔鬼，"波罗特说，"没准哪天他会咬死巴克。"

"巴克比他凶恶两倍，"弗朗索瓦反驳，"我一直注意着哩，我心里清楚。听我说：哪天他发起疯来，会把斯皮兹整个儿撕开嚼碎，吐到雪地上。等着吧，我清楚得很。"

自那以后，巴克和斯皮兹之间就一直处于战争状态。斯皮兹作为领头狗和公认的狗队首领，感觉到自己至高无上的权力受到了这条陌生南方狗的威胁。就他见过的南方狗而言，没有一条能习惯宿营和拉橇。它们统统都太软弱，很快就会在艰苦、寒霜和饥饿中死去。巴克却是个例外。就他挺过来了，而且还成长得不错，无论力气、凶残还是狡诈，都可以跟爱斯基摩狗媲美。而且这家伙天生就是领头的狗。让他变得十分危险的还有，那个穿红毛衣的家伙曾用大棒，把他称霸的野心之中所含有的鲁莽和轻率，全给打掉了。这让他变得无比狡猾，能以一种最原始的耐性，等待自己的时机。

争夺领导权的冲突不可避免。巴克巴不得冲突早点来到。他盼望冲突，因为这是他的天性，因为在冰天雪地拉雪橇的那种不可名状的、无法琢磨的自豪感，牢牢地控制了他——正是这种自豪感让所有的狗终日劳作，直到最后一息。让他们拉橇不止，以死为荣；让他们一旦无缘拉橇，便肝胆欲裂。这种自豪感支持着大福驾辕，支持着索雷斯使足力气拉橇；这种自豪感从他们拔营上路之时便始终左右着他们，于是一帮暴躁乖戾的野兽，变成了一队充满生气、活跃积极、热情澎湃的生灵；这种自豪感使他们白天精力充沛，而一到夜里扎营时，就从他们身上悄悄退去，他们便又回到沮丧不安、无法满足的状态中。正是这种自豪感支持着斯皮兹监视其他拉橇狗，一旦哪个犯错、偷懒，或是早上套缰绳时躲起来不露面，立即给上一顿教训，毫不手软。也正是这种自豪感，让他对巴克心怀畏惧，因为他明白巴克有可能成为领头狗，而这倒也让巴克感到自豪。

他公然威胁对手的领导地位。斯皮兹要对偷懒的家伙实施惩罚，而巴克故意从中作梗。一天夜里下了大雪，早上集合时一贯装病的派克没有露面，肯定是藏在一英尺厚的雪底下睡懒觉。弗朗索瓦大声吆喝他，他也不出来。斯皮兹气疯了，他疯狂地满营地寻找，又嗅又挖，把每一个可疑的地方都找了个遍，一边找一边咆哮，叫声可怕极了，吓得派克在藏身的地方直发抖。

但是，斯皮兹终于把他挖出来扑过去惩罚时，巴克也同样愤怒地扑向他俩之间。这情况来得太突然，也太意外，斯皮兹被撞得弹了回去，一个趔趄倒在地上。派克本来惨兮兮地不停发抖，一见有伙伴站在自己这边公然反抗，立刻壮起胆来扑向被撞翻在地的首领。巴克这时早把公平规则忘到九霄云外，也趁势扑到斯皮兹身上。弗朗索瓦见此情景，禁不住嘿嘿笑了几声，但他还是扬起手中的皮鞭主持公道，使出浑身力气，啪地一鞭抽在巴克身上。这一鞭并没有把巴克从被他压在身下的对手身上抽开，急得弗朗索瓦用鞭杆猛打巴克。这当头一击打得巴克直发蒙，不由得向后退去，随即鞭子一下下猛抽在他身上。与此同时，斯皮兹把屡次犯上作乱的派克狠狠修理了一顿。

在后来的日子里，眼看着离道森越来越近了，巴克还是不断干预斯皮兹和犯错误的狗之间的事；但是他干得很巧妙，总是乘弗朗索瓦不在跟前的时候下手。由于巴克暗中策反，很快大家就都不听管教了，反抗的风气与日俱增。大福和索雷斯对这事倒是无动于衷，可是队里其他的狗都变得越来越不像话了。一切都乱了套。明争暗斗战火不断，随时都可能出乱子，而这一切统统都是巴克搞的鬼。他让弗朗索瓦一直放心不下，因为弗朗索瓦老害怕这两个家伙迟早会动真格，不拼个你死我活就不肯罢休。有多少个夜晚，一听见别的狗打架，他就赶紧起身，生怕巴克和斯皮兹也乘机打斗。

但是一直没有出现合适的机会。在一个阴沉沉的下午，他们终于抵达了道森，那场生死大战依然在等待时机。这地方人来人往，熙熙攘攘，狗也多得不计其数，巴克发现这些狗都在干活儿，仿佛狗命里注定就是要干活儿的。从早到晚一整天，满大街上长长的狗队来来往往，到夜里还一直能听见狗队经过时响起的铃铛声。他们拉着的是盖房子用的木料和取暖用的木柴，都是运到金矿上去的，在圣克拉拉谷这都是马儿才干的活。巴克随处都能遇到南方来的狗，不过基本上都是些爱斯基摩狼狗。每天夜里九点、十二点、凌晨三点，他们就引吭高歌，唱出一支支夜曲，声调怪异而奇特，巴克很高兴加入他们。

　　头顶上，寒冷的北极光闪烁着，星星在跳跃，雪花翩翩飞舞，冰雪覆盖的大地僵冷麻木，爱斯基摩狗的这种歌声也许是对生命的礼赞，只不过声调悲凄，带着长长的呜咽和哀嚎，更像是生命的哀叹，道出了生存的艰辛。这是一首古老的歌，像这个族类一样古老——是自远祖时期就开始传唱的一首歌，那时唯有悲歌。歌声中饱含世世代代先祖们的痛苦哀叹，这种痛苦哀叹让巴克莫名触动。巴克悲哀地嗥叫时，叫声里也充满生活的悲哀，正是他那没有驯化的先祖们曾体验过的悲哀。寒冷、黑暗带给他恐惧和神秘，同样也曾带给先祖们恐惧和神秘。这首歌居然引起他的共鸣，说明他已经发生了根本变化，他从有屋住有火炉取暖的岁月，回到了生命原初的嗥叫状态中。

　　抵达道森七天后，他们沿着巴勒克斯河岸陡峭的悬崖，经过加拿大西北骑警大本营，走上育空雪道，直奔迪亚、盐湖。波罗特要带回去的公文好像比他带来的那些还要紧急；另外，他心里充满了冒险旅行的豪情，一心打算创下这年旅行之最的纪录。关于这事，他倒是有几个有利的条件。休息了一个礼拜，狗都恢复了元气，状态极好。他们在雪地踩出的路，后来陆续又有狗队踩得结结实实。而且沿路上警察还设了两三处给养站，人和狗都有食物供应，于是他便轻装上路了。

头一天他们一口气跑了五十英里路，来到了"六十英里河"；第二天便越过育空河，直奔佩利。虽然取得了傲人的成绩，但弗朗索瓦并非没有大烦恼。巴克领头闹事，蓄谋反叛，破坏了狗队的团结。队伍远不像原先那样齐心协力地拉橇。在巴克的撺掇下，大伙儿便耍起各种小花招来。斯皮兹不再是大家敬畏的首领，原来的畏惧消失了，如今个个都敢公然蔑视他的权威。一天夜里，派克抢了他半条鱼，在巴克保护下，囫囵吞了下去。又一天夜里，大笨和乔一起出手，跟斯皮兹打了一架，结果反咬一口，让他代他俩受了罚。就连好脾气的比利也不甘示弱，不像以前那样发出息事宁人的呜呜叫声了。巴克只要经过斯皮兹身边，总要龇牙咧嘴竖起鬃毛发出威胁的咆哮。实际上，他的所作所为近乎横行霸道了，他还老在斯皮兹面前趾高气扬、高视阔步。

规矩乱了，狗与狗之间的关系也受到了影响，彼此动不动就打闹，打得越来越凶，搞得营地鬼哭狼嚎，一片乌烟瘴气，简直成了"疯人院"。唯独大福和索雷斯能沉得住气，对这一切无动于衷，不过毕竟也给折腾得心烦意乱。气得弗朗索瓦指天骂地，在雪地里顿足捶胸，甚至撕扯自己的头发，但都不管用。他还把鞭子甩得啪啪响，也没什么效果。刚一转身，这帮家伙就会在他身后捣乱。他用皮鞭替斯皮兹撑腰，而巴克私下里给别的狗打气。弗朗索瓦知道搞成这样都是巴克暗中搞鬼，巴克也明白弗朗索瓦对他的伎俩心知肚明，但是巴克乖巧得很，绝不会让他当场逮个正着。他干活儿很卖力，任劳任怨地拉橇，因为干活儿已经成了他的一种乐趣；但是暗中煽风点火，挑动同伴们彼此争斗，搅乱缰绳，这对他来说是一种更大的乐趣。

一天夜里，在塔基纳河口吃过晚饭后，大笨发现了一只雪靴兔，却笨头笨脑地瞎扑了半天也没有抓住。霎时间所有的狗都出动了，围追堵截。一百码以外是西北警察的一个营地，养着五十多条爱斯基摩狗，这时闻风而动，一起加入了这场追逐。野兔沿着河拼命逃窜，拐进了一条小溪流，在冻结的冰面上飞快地奔逃。野兔在冰面的积雪上跑得轻快，而狗却深一脚浅一脚的，跑得很费劲。巴克率领一支由六十条狗组成的追捕队，浩浩荡荡，绕来绕去，就是追不上。在朦胧的月光下，巴克紧贴地面穷追不舍，身姿矫健，起伏有致，嘴里还呜呜地叫唤。野兔也是一跳一跳的，仿佛一个白雪幽灵，在前方若隐若现。

这种行为完全是出于一种古老的本能，它会定期出现，驱使人们离开喧嚣的城市，去往森林和原野，用火药推动的铅球屠杀生灵。而这种嗜血的欲望、杀戮的喜悦——这一切对巴克而言是与生俱来的，只不过在他心底隐藏得太深了。他奔跑在群狗之首，一心要追上那只野兔，那是活蹦乱跳的肉，他要用自己的利齿咬死它，要体验以热血洗面的快感。

生命的顶峰是以一种狂喜为标志的，它是生命不能超越的。这是一个生存之谜，这种狂喜在生命最活跃的时期到来，到来之时，生命全然处于一种忘却自身的状态。这种狂喜，这种对生命自身的忘却，在艺术家身上，会让他沉迷于一片激情的烈焰之中而超然忘我；在士兵身上，会让他在战场拼杀、狂暴嗜血而毫无恻隐之心；而在巴克身上，让他引领群狗发出了远祖的狼嚎，奋力追逐月光下逃窜的鲜活野味。他叫出的是本性深处的回响，而他本性中那深不可测之处，超越了他自身，一直回溯到时间的源头。一种无形的力量完全控制了他，那是纯粹的生命涌动，是生存的波澜，是每块肌肉、每个关节、每条筋腱协调活动，是除了死亡之外的一切，是兴奋热烈的运动，是在星空之下的宁静白雪上面的欢快飞奔，是这一切所带来的无限快感。

　　但是，斯皮兹即使在最兴奋的时刻，仍能异常冷静地算计着。他离开狗队，从一个河湾处抄近路插过去。巴克没料到这一手，他沿着河湾跑过来时，眼前那只野兔还一直幽灵似的在他眼前飞奔。突然眼前一闪，一只更大的幽灵蓦地从突兀的岸崖上飞身跃下，挡住了雪兔的去路。这幽灵便是斯皮兹。雪兔要掉头可是来不及了，它在半空中被雪白的牙齿咔嚓一声咬断了脊梁骨，发出一声凄厉的尖叫，仿佛人突遭袭击似的。那是生命从顶峰跌到低谷时发出的声音。一听到这叫声，巴克身后的那帮狗齐声欢叫，合唱般地庆贺胜利。

巴克没出声，也没有停下来，而是加快速度朝斯皮兹冲过去。遗憾的是冲得太猛，竟和斯皮兹撞肩而过，却没有咬住对手的喉咙。他俩在白粉一样的雪地上连打了几个滚，而斯皮兹像没事似的一骨碌站起来，一口咬破巴克的肩膀，随后便跳开了。他一边往后撤，站稳了脚跟，一边恶狠狠地咔咔咬了两回牙，就像捕兽器的两片钢夹子，还把薄嘴唇往上缩，龇牙咧嘴地咆哮着。

巴克蓦地明白了——时候到了。这便是决一死战的时刻。他俩倒伏着耳朵，绕圈对峙，咆哮恐吓，机敏地寻找战机。巴克忽然感到这场面似曾相识，仿佛一切都返回了他的记忆——白茫茫的森林、大地、月光，还有战斗的兴奋。一种幽灵般可怕的寂静，笼罩着这片白皑皑的死寂世界。四下里没有一丝风——万籁俱寂，连树叶都纹丝不动，唯有狗呼出的气息，在缓缓上升，飘荡在寒冷的空气中。狗群很快就把雪兔连骨头带皮吃掉了，这帮家伙都是些没有驯化的狼。此刻他们渐渐围拢起来，期待着发生什么。大家都默不作声，唯有两只绿眼睛闪闪发光，呼出的气息冉冉升腾。巴克对此并不感到新奇或奇怪，这情景已经见惯了，就好像一直都是如此，本就该是这般模样。

斯皮兹是个老练的斗士，他从斯匹次卑尔根岛跨过北冰洋，穿越加拿大和北方荒原而来，什么样的狗他都见识过，并且把他们都教训得服服帖帖。他哪怕是怒火中烧也决不轻举妄动。他渴望撕咬，渴望毁灭，同时他也不会忘记自己的敌人也同样渴望撕咬，渴望毁灭。所以，如果没有对敌人的进攻做好充分的防御，他决不率先发动攻击。

巴克看中了这条大白狗的脖子，不顾一切地猛咬，但却徒劳无功。虽然他瞄准了柔软的皮肤，可是一旦去咬却总是受到斯皮兹牙齿的阻挡。犬牙碰撞发出咔咔声，巴克嘴巴破裂，鲜血直流，也没有突破敌人的防守。他气得火冒三丈，疯狂地绕着斯皮兹连续发起猛烈进攻。他一次又一次朝斯皮兹那雪白的脖子猛咬，因为那地方是生命的咽喉，可是每次都被斯皮兹逃脱，还被反咬一口。紧接着巴克佯装进攻，要咬斯皮兹的喉咙，却猛地缩回脑袋，从侧面绕过去，用肩膀猛撞斯皮兹的肩膀，打算把对手撞倒。结果却事与愿违，每次进攻，斯皮兹都轻而易举地一跳避开了，还反把巴克的肩膀咬破了一道口子。

斯皮兹毫发无损，而巴克却鲜血淋漓，喘个不停。战斗逐渐升级，已经到了你死我活的地步。整个过程中，围成一圈观战的狗，仿佛一群野狼似的，默默地等待着，不管他俩哪个先倒下去，都会立刻被这帮家伙消灭。巴克累得几乎喘不过气来，这时斯皮兹开始还击了，一阵猛扑，不让他站稳脚。巴克有次被撞得栽了个跟头，围成一圈观战的六十条狗一起站直了身子。但是，巴克几乎还没等身子挨地，就霍地又站立起来。于是一圈围观的狗又纷纷伏下身子继续等待。

然而，巴克具有一种出类拔萃的品质——想象力。他战斗一方面凭本能，另一方面也靠头脑。他向前扑去，好像故伎重演，正面撞击对方的肩膀，眼看就要撞上，却一低头，把嘴插进雪里。他的牙齿咬住了斯皮兹的左前腿。只听咔嚓一声，腿骨碎了，斯皮兹只能用三条腿支撑身体继续战斗。巴克试图把对手撞倒，连试三次不成，就又如法炮制，将对手的右腿也咬断了。斯皮兹尽管疼痛不堪，身处绝境，却依旧拼死挣扎，坚持战斗。眼看着观战的狗群默默地朝自己围拢，个个都耷拉着舌头，眼珠子闪闪烁烁，吐出的白气在空中升腾，和他过去看到的无数次落败者被围攻的情景一样，只是这一回吃败仗的却是他自己。

他已经没有希望了。而巴克此时心如铁石。怜悯之心只能用在气候温和的地带。巴克摆好架式预备发起最后一次冲锋。圈子越收越紧，他都能清晰地感受到自己左右两边爱斯基摩狗的呼吸。越过斯皮兹以及左右两侧，他都能看到，狗群都摆好了半蹲的姿势，做好了朝自己扑过来的准备，所有的眼珠子都盯在他身上。忽然，一切都暂停了。每一条狗都仿佛变成了石雕似的纹丝不动。唯独斯皮兹在发抖，恐惧得鬃毛倒竖，跟跟跄跄前后摇晃，一面发出令人毛骨悚然的咆哮声，仿佛要吓退近在咫尺的死神。接着，巴克发起了最后的冲击，扑上去的一刹那，肩膀终于和斯皮兹的正面相撞。在洒满月光的雪地上，黑色的圈子收成了一个黑点，斯皮兹从视野中消失了。巴克以胜者的姿态站在一边观看狗群打扫战场，是争雄的野性让他在战斗中杀死对手，并以此为乐。

# 第四章
## 夺取统治权

"你瞧，我说什么来着！一点儿都没错，我就说巴克更加凶恶。"

这是第二天早上弗朗索瓦说的，天一亮他就发现斯皮兹不见了，而巴克遍体鳞伤。他把巴克牵到火边，在火光下查看一道道伤口。

"那斯皮兹这回是玩命了。"波罗特边说边查看巴克身上一道道翻开的伤口。

"那巴克是加倍玩命了，"弗朗索瓦答道，"这下咱可以好好赶路了。没了斯皮兹，当然也就再没有麻烦了。"

波罗特把宿营用具收拾起来，装上雪橇，弗朗索瓦给狗套上拉橇的绳索。巴克跑到原来由斯皮兹占据的首领位置。可是弗朗索瓦并没有理他,而是把索雷斯牵了过来,安排在那个令巴克垂涎的位置。弗朗索瓦认为现在最好的领头狗就是索雷斯了。巴克勃然大怒,扑向索雷斯,把他撵回原来的位置。

"哟,嗨!"弗朗索瓦乐得拍着大腿叫了起来,"瞧瞧巴克这小子,咬死了斯皮兹,就以为这个位置是他的了。"

"走开,滚!"他大声喝道。可是巴克不肯挪步。

弗朗索瓦一把抓住巴克的脖颈皮,不顾巴克发出威胁的咆哮,拖开巴克,换上了索雷斯。可是这条老狗并不乐意,明显表示出他惧怕巴克。可是弗朗索瓦却非要这么干不可,但他刚一转身,巴克便赶走了索雷斯,而索雷斯正巴不得离开那个是非之地呢。

弗朗索瓦忍不住发了火。"奶奶的,看老子怎么收拾你!"他一边叫骂,一边抄起一根粗大的木棒。

巴克想起了那个穿红毛衣的人,就慢慢往后退去。索雷斯再一次被牵了过来,这一回巴克并没有企图扑过去，却在大棒正好够不着他的地方绕来绕去，恶狠狠地发出咆哮，一边转悠，一边盯着大棒，一见弗朗索瓦挥起大棒，他就立刻抽身躲避，这大棒的滋味他记忆犹新。

弗朗索瓦忙着套雪橇上的绳索，一边吆喝巴克，打算把他套在大福前面的老位置上。巴克倒退了两三步，弗朗索瓦跟着走了两三步，巴克接着又往后退。就这么僵持了一阵子，弗朗索瓦以为巴克是害怕挨打，便扔掉了手中的大棒。然而巴克公然起来造反，并不是因为害怕那根大棒，他想要的是领头狗的地位。他认为自己有权得到这个地位。那是他自己挣来的，要是得不到，他绝不肯善罢甘休。

波罗特跑来帮忙。他俩围追堵截，折腾了大半个小时，却徒劳无功。巴克灵敏地躲闪，棒子根本打不到他。他们咒骂他，咒骂他十八代祖宗、他未来所有的子孙，甚至他身上的每根毛发、血管里的每一滴血。而巴克对这些咒骂统统报以恶狠狠的咆哮。他并不打算逃之夭夭，只是绕着营地和两人玩捉迷藏，明确无误地表示,只要他们肯满足他的欲望,他就会听话。

弗朗索瓦一屁股坐在地上,急得直抓头皮。波罗特看了看表,仍破口骂娘。时间过得飞快,本来一个小时前他们就该出发了。弗朗索瓦又挠了挠头皮,摇摇脑袋,无可奈何地冲波罗特笑了笑。波罗特耸了一下肩膀,表示他俩认输。于是弗朗索瓦走到索雷斯站着的地方,吆喝巴克过来。巴克喜形于色,却站在原地没动。弗朗索瓦松开索雷斯的缰绳,把他牵回原来的位置。狗队全都套好,整整齐齐准备上路。除了前头那个位置,再没有别的地方给巴克了。弗朗索瓦又吆喝了巴克一声,而巴克又笑了笑,却依旧站在原地没动。

"扔掉棒子。"波罗特喝道。

弗朗索瓦刚把棒子丢开,巴克便带着胜利的喜悦神情跑过来,当仁不让地占据了狗队首领的位置。他的缰绳很快拴好了,雪橇随即启动,两个人一左一右在雪橇两边跟着跑,队伍上了沿河雪道全速奔驰。

弗朗索瓦早对巴克有很高评价,说巴克是个双料的恶魔,而这会儿还没到中午,他就发现自己还是低估了巴克。他承担起领导的职责，在需要做出判断并迅速思考和行动方面，他的表现完全在斯皮兹之上，而能与斯皮兹匹敌的狗，弗朗索瓦在这之前还从来没有见过。

巴克发号施令，并使部下一律服从，在这方面他比前任做得更好。大福和索雷斯毫不关心更换首领一事。这事与他俩无关。他们要做的就是出力拉橇，拼命在雪道上奔跑。只要这个工作没有受到影响，他们一点儿都不在乎发生了什么。哪怕好脾气的比利当了首领，他俩也不在乎，只要他能维持狗队的秩序。队伍里其他成员在斯皮兹生前最后几天，也都变得不那么安分了，如今他们都吃惊不小，因为巴克把他们统统管束得服服帖帖。

紧跟在巴克身后拉橇的是派克，要是不逼他，他从来不肯多出一点力气。他因为懒散，多次被巴克猛拽猛扯，结果头一天还没过去，他拉橇出的气力就超过了以往任何时候。头一天宿营时，性情乖戾的乔就被彻底收拾了一顿——这是连斯皮兹都从未实现过的夙愿。巴克凭着庞大的身躯，把乔压得喘不上气来，轻而易举就修理得对方再不敢胡闹，呜呜哭叫着连声讨饶。

队风很快形成，恢复了往日的团结，狗队拉橇奔驰在雪道上，步调一致，上下一心。行经林克湍时，名叫蒂克和库纳的两条当地的爱斯基摩狗加入了他们。巴克立马将他俩制服收编，速度之快，令弗朗索瓦倒抽了一口冷气。

"有这么条狗，可是破天荒头一遭啊！"他叫出了声，"头一遭啊！这小子值一千块，奶奶的！你说呢，波罗特？"

波罗特点了点头。他已经看到前进速度刷新了纪录，而且还在逐日加快。这条雪道的状况极好，路面压得平展展的，很瓷实，正好也没有再下雪。天不算太冷。气温降到了零下五十度，之后再也没有降低。两个人一个驾橇，一个跟着橇跑，一路轮换。狗队向前猛冲，很少停歇。

"三十英里河"上结了一层冰，他们只用一天就把来时走了十天的路程跑完了。队伍一口气跑了六十英里，从勒巴日湖岸一直跑到白马湍。穿越马什湖、塔基什湖、班尼特湖（七十英里的湖区），两个人轮流驾橇，速度快得惊人，轮到谁跟着跑，谁就会被甩在雪橇后面，让一根绳子拉着跑。第二个礼拜的最后一天夜里，队伍出了白岭关，一路下坡直奔海边。他们脚下是斯卡威的灯光和停泊在那里的船只的点点灯火。

这一趟创下了新纪录。跑了十四天，每天平均跑四十英里。接下来的三天里，波罗特和弗朗索瓦在斯卡威大街上高视阔步，人们争着请他俩喝酒，狗队周围常常聚起一群驯狗人和赶橇人，满怀敬意地品头论足。后来有三四个西部恶棍企图洗劫小镇，结果被枪弹打成了筛子，这才把大家的兴趣转移到别的偶像身上。紧接着当局的命令下来了。弗朗索瓦把巴克招呼到身边，张开双臂搂住他，难过地哭了。那是巴克最后一次见弗朗索瓦和波罗特。就像其他人一样，他们从巴克的生活中消失，一去不复返了。

一个苏格兰混血儿接管了巴克和他的队友，他们加入了另外十几个狗队的行列，结伴出发，又踏上了去往道森的沉闷旅途。这次拉的东西可不轻，不可能创纪录，每天都要做沉重的苦役，拖拉身后那满载的雪橇。这是一列邮车，是要把来自世界各地的消息传送给那些正在昏暗的北极淘金的人们。

巴克不喜欢这趟差事，但还是打起精神尽到自己的本分。学着大福和索雷斯的样儿，以劳作为荣，一方面还敦促队友各尽其职，不管他们是否也感到自豪。拉橇的生活十分单调，就像机器运转一样周而复始，每天都是相似的。每个清晨，伙夫准时起来生火做饭，然后大家一块吃早饭。吃完后有的人打点帐篷，有的人把狗套上雪橇。上路后差不多要过一个小时，天才会蒙蒙亮。到了夜里，则是安营扎寨，有支帐篷的，有砍柴火的，有砍松枝的，松枝用来搭铺，也有帮伙夫凿冰取水的。狗也需要有人喂食。对狗来说，这可是一天中的头等大事，当然吃完了鱼，和其他狗队里的狗混上个把钟头，感觉也很爽。不过狗加在一块儿有一百来条，其中不乏凶猛之辈。然而与最凶猛的较量了三回之后，巴克就确立了自己的霸主地位，所以他只要鬃毛一竖，犬牙一龇，别的狗就避之不及了。

不过也许他最喜欢做的，是趴在火堆附近，前腿伸展，后腿缩在身子底下，仰起脑袋对着火苗，睡眼蒙眬地眨巴眼睛。有时候他会想起阳光普照的圣克拉拉谷的大宅子，那座米勒法官府，想起那个水泥游泳池，想起那条墨西哥种的无毛狗伊莎贝尔，还有那条日本哈巴狗图兹。不过最常想起的，还是穿红毛衣的人，卷毛的死，与斯皮兹的殊死搏斗，以及曾经吃过的和渴望吃到的好东西。他并没有怎么想家。那些阳光普照的大地模糊而遥远，那些记忆对他根本没有什么影响了。对他有强烈影响的是遗传的记忆，这使他对自己从未经历过的事感到似曾相识；早在祖辈中就已丧失的，后来他又丧失掉的本能（对祖先的记忆形成的一种习惯）在他身上再度苏醒，渐渐复活了。

有时候，他蹲伏在那里，对着火光睡眼蒙眬地眨巴眼睛，仿佛那堆火来自另一个时代。旁边那个人也不是混血儿伙夫，而是另一个人，腿短胳膊长，肌肉不是那么滚圆丰满，而是青筋凸起，疙疙瘩瘩。这人的长头发又脏又乱，纠缠在一起，他仰头让头发垂到眼后。他发出的声音很怪，仿佛特别害怕黑暗似的，不停地向黑暗中窥视着。他的手臂垂到了膝盖以下，手里攥着一根长木棍，棍子尖上拴着一块沉甸甸的石头。他几乎赤身裸体，只是在后腰上系了一块烤焦的兽皮，不过他身上的毛很浓。胸脯、肩膀、胳膊和大腿外侧长满了毛，和野兽毛一样浓。他不是直直地站立，而是屈腰向前倾，膝盖老是弯曲的。他身上有一种相当特别的弹性或弹力，像猫似的，特别警觉，生活在看得见和看不见的永久危险中的人，才会有这种警觉。

这个浑身长毛的人也有睡觉的时候，不过只是蹲坐在火堆旁边，把头埋进两腿之间就能睡着。胳膊肘支在膝盖上，两手护着脑袋，仿佛这样就能用长满毛的双臂挡住雨似的。巴克能看到，在他背后，火光照不到的黑暗中，一对一对的火星子在闪烁。他知道那是野兽的眼睛，还能听到野兽出没丛林时的嚓嚓声，以及它们骚动时发出的声响。在育空河畔，他常常眨着眼睛凝望火光，睡眼蒙眬地遐想。每当这时，那些来自另一个世界的声音，就会使他毛发倒竖，从脊背直到肩头、脖颈。

接着他会压低声音呜咽悲泣，或低声咆哮。这时，那个混血儿伙夫就会大声叫他："嗨，巴克！快醒醒！"他会立刻惊醒，另一个世界登时不见踪影，眼前是实实在在的世界。于是他站起身来，打个哈欠，伸个懒腰，如梦初醒似的。

这一趟活儿干得很苦，每天拉着沉重的邮件艰难跋涉，消耗了大伙儿不少体力。抵达道森时，大家的体重都减轻了，身体状况很不好，要休息十天，起码也得一礼拜，才能恢复过来。可是才过了两天，他们便离开了西北警察营地，沿育空河向下游开拔，雪橇上满载着寄往外界的邮件。所有的狗都很疲惫，驾橇人一路上骂骂咧咧，不停地抱怨。更倒霉的是，天公不作美，大雪每天都下个不停。这意味着道路一直都是松软的，增加了雪橇滑板的阻力，队伍要花大力气拉橇。不过驾橇人还是蛮不错的，尽量照料好大伙儿。

每天夜里，首先得到照料的是所有的狗。等他们都吃完了，驾橇人自己才吃。每个驾橇人都要把自己的拉橇狗清点一遍，仔细查看他们的脚，然后自己才去睡觉。但是大伙儿的体力还是在下降。入冬以来,走过的路算起来有一千八百英里了,而且一路上都拉着满载的雪橇。这一千八百英里的路程,就连最顽强的生命,怕是也吃不消的。巴克尽管疲惫不堪,但还咬牙挺着,一边还敦促队友们努力,维持着全队的秩序。每天夜里,毫无例外地都能听见比利在睡梦中呜咽喊叫。乔变得更乖戾了,索雷斯则根本不允许别的狗靠近他,不论是瞎了眼的一侧,还是另一侧。

不过最痛苦的是大福。不知他身上出了什么问题,变得更郁闷、更容易发脾气了。晚上一扎营,他就立刻给自己做窝,驾橇人只好把吃的送到他跟前。一卸下绳套他就躺倒,直到第二天早上套缰绳的时候才肯爬起来。有时雪橇突然刹住,或者突然启动,大福就会痛苦地大叫不止。驾橇人给他检查了一遍,但并没有发现什么。别的驾橇人也都对他这种怪病感到纳闷,吃饭或睡前抽最后一袋烟的时候,大家都在谈论他。有天夜里,他们还专为他诊断了一次。大家把他从窝里抬到火旁,这儿压压,那儿捅捅,直弄得他叫了好几回才停下来。

病在身体内，但是他们没有摸到折断的骨头，搞不清究竟是哪里出了毛病。

到了卡西亚巴，大福已经虚弱得老是跌跤。苏格兰混血儿停下雪橇，让他走出来，把旁边的索雷斯套了上去。他是想让大福歇一歇，跟在雪橇后面跑就是了。大福虽然病了，可是眼看自己坚持了那么久的岗位换成了索雷斯，忍不住伤心地呜咽起来。与雪道和缰绳做伴，他一直感到光荣。哪怕病了死了，他也不能忍受自己的工作由别的狗来接替。

雪橇启动后，大福就在雪道旁松软的雪里，跟跟跄跄地奔走，还一边扑咬、撞击索雷斯，恨不得把他撞到另一边的雪地里。他拼命想跳回原来拉橇的位置上，不停地插到索雷斯和雪橇之间。他不住地呜咽、悲嚎，心里悲痛至极。混血儿挥鞭抽他，可他根本不顾鞭打的疼痛，混血儿也不忍心再往狠里抽了。大福不肯轻轻松松地跟在雪橇后面被压平的雪道上奔跑，而是在十分难走的松软的雪里辗转挣扎，一直跑到筋疲力尽。他倒在路上，悲哀地望着长长的雪橇队列长叫不止，眼睁睁看着雪橇一辆接着一辆，吱吱呀呀从他身边驰过。

他用尽最后一点力气，跟在雪橇队后面蹒跚行走，一直跟到队伍又一次停下来休息，他跌跌撞撞地走过一辆辆雪橇，在索雷斯身旁停住脚步，找到自己的那一辆。驾橇人走开片刻，去跟后面那人借火点烟斗。他一回来便驱狗上路，狗队猛地跑出去，却没有吃上劲，都纳闷地回过头来，惊讶地停住了脚步。驾橇人也大吃一惊，因为雪橇在原地一动不动。他把同伴都叫过来看这情形。大福把索雷斯套着的两根拉绳都咬断了，径自站在他原来驾橇的位置上。

他用目光恳求主人让他留在这个位置。但驾橇人却不知如何是好。同伴们说，就算要干的活儿会把狗累死，可假如你不让他干，就会伤透他的心。他们还回忆起了见过的一些例子。有些狗因为太老或受伤不能再干活，只能被卸掉缰绳，但他们却因此而死。大家认为应该行行好，反正大福是活不成了，不如就让他心满意足地死在自己的拉橇岗位上。于是又给他套上绳套，他又满心欢喜地跟以往一样拉起雪橇，但由于体内的伤痛，他还是禁不住叫起来。有几次他倒了下去，被缰绳拖着走。有一次雪橇从他身上压过去，压瘸了他一条腿。

但他还是坚持到扎营时刻，驾橇人在火堆旁边给他安排了一个过夜的地方。第二天早上，发现他已经衰弱得上不了路了。套缰绳的时候，他挣扎着要爬到驾橇人的身边去，尝试了好几次才晃晃悠悠地站起来，但蹒跚了没几步就摔倒了。接着他匍匐前行，慢慢地朝队友套绳索的地方爬去。他伸出前腿拖着身子前行，如此重复，每挪动几寸都很费力。当最后一丝力气耗尽，大福躺在雪地上大口喘气，眼巴巴地望着队友。这是大伙儿最后一次见他，尽管后来还能听到他悲哀的嚎叫。直到他们穿过河边的一片林地，从他视野中消失。

雪橇队在这儿停住了。苏格兰混血儿缓步循原路退回了刚刚离开的营地。这时，人们都停止说话了。一声枪响。那人急匆匆跑回来。鞭声啪地响起，随即是一片悦耳的铃铛声，雪橇又跑在雪道上了。然而巴克明白，每条狗也都明白，沿河林地那边发生了什么。

# 第五章
## 雪地上的苦役

盐湖邮队由巴克和他的同伴打头阵,离开道森三十天后,终于到了斯卡威。他们的状况十分悲惨,个个都累得筋疲力尽。巴克的体重由原先的一百四十磅减到了一百一十五磅。队友们虽然都比他轻,但相对来说体重却比他掉得还多。装病的派克永远都改不了骗人的毛病,从前喜欢装作腿受了伤,还常常让人信以为真,但现在真的是瘸了一条腿。索雷斯也是一瘸一拐的,而大笨扭伤了肩胛骨,苦不堪言。

大家的脚都疼得要命,失去了弹性。走路时沉沉的脚步僵硬地落在雪道上,震得浑身颤抖。这样一天奔走下来,疲劳加倍了。别的倒没什么,就是他们累得要命。一时用力过度引起的极度疲劳，休息几个小时就恢复了；而这种疲劳大不一样，是一连数月的苦力慢慢耗尽了全部体力后的极度疲劳。完全没有复原的能力，也没有可用的体力了。所有力气都被挤干，一点不剩。每一块肌肉、每一根筋腱、每一个细胞，都彻底疲乏了。当然这是有原因的。在不足五个月的时间里，他们居然跑了二千五百英里，而最后一千八百英里，他们总共才休息了五天。所以到达斯卡威的时候，他们显然已经抬不起脚，缰绳也拉不直，下坡路上只能将就着不让雪橇压着他们。

"走呀，伤了脚的可怜虫们，"这时他们正步履蹒跚地走在斯卡威的大街上，驾橇人给他们鼓劲，"最后一点路，接下来咱们可以好好歇一阵了！哇哈，绝对没错，歇他个够。"

驾橇人个个都一心指望着好好歇息一阵子。他们自己跑了一千二百英里，中间也才捞到两天休息，照情理说，这回他们都该美美地放个长假，好好放松一下了。但是拥到克朗代克的人太多了，没有跟着来的情人、老婆、亲属又是那么多，所以积压下来的邮件简直可以和阿尔卑斯山一比高下，另外还有大量的官方公文。一批批精神饱满、体力充沛的狗，正从哈德逊湾赶来，就要取代那些已经不能拉橇的狗了。这些不中用的狗就要被淘汰掉了，由于他们还值几个钱，所以要把他们卖掉。

三天过去了，这期间巴克和同伴们才真正感觉到他们是多么疲乏。等到第四天早上，两个从美国来的人买下了他们，连拉橇的全套绳具一块儿买了，价钱便宜得跟白给似的。这两人彼此称呼"哈尔"和"查尔斯"。查尔斯是个中年人，浅色皮肤，一双虚弱而湿润的眼睛，留着一嘴胡子，又乱又硬，雄赳赳地向上翘着，掩盖住了两片耷拉着的松弛嘴唇。哈尔是个小伙子，约摸十九二十的模样，腰里扎一条皮带，别着科尔特左轮手枪，插着猎刀，还挂着鼓鼓囊囊的弹药带。他浑身上下就数这条皮带最招眼了，一看就知道是个毛头小伙子，那个嫩劲儿，简直没法说了。两人显然来错地方了。他俩怎么会到北部来冒险，这也是个难解之谜。

巴克听见了他们的讨价还价，还看到他们拿出钱来交给政府职员，他从而明白，苏格兰混血儿和邮队的驾橇人，也将在波罗特、弗朗索瓦和以前那些人后，从他生活中消失。巴克和队友们被赶到了新主人的营地，这地方一片狼藉，帐篷半边耷拉下来，一堆碗盘扔着没洗，没有哪处像点样子。巴克还看到了一个女人，两个男人叫她"梅斯蒂"。她是查尔斯的老婆，哈尔的姐姐——这倒是蛮不错的一家。

　　巴克看着他们拆帐篷，直替他们担心。看他们那样子倒是挺卖力的，可就是没个条理。帐篷被笨拙地卷成一捆，卷得那么松，足足粗了两倍。用过的马口铁盘子连洗都不洗就装起来了。梅斯蒂跑来跑去，不停地打搅男人们干活儿，嘴里还唠叨个不停，老出些馊主意。他们把一包衣服装在雪橇前面，可梅斯蒂说应该放在后面。他们又把那个包袱放在后面，在上面又堆了几个包。这时她又发现少拿了几样东西，她说这些东西非得放进刚才那几个包里去不可，于是他们又把放好的包袱一一卸了下来。

　　旁边帐篷里出来三个男的，站在一边观看，互相挤眉弄眼、做鬼脸。

"东西装得不少啊,"他们当中一个说,"我本不该多管闲事,不过要是换了我,肯定不带那顶帐篷了。"

"做梦!"梅斯蒂大叫,用一种优雅的姿势扬起双手以示震惊。"没了帐篷叫我在世上怎么过?"

"已经是春天了,不会再有冷天气。"那人答道。

她果断地摇了摇头。这时,查尔斯和哈尔又在山一样的雪橇上堆了一些零碎东西。

"你们觉得这雪橇还能走吗?"其中一人问道。

"怎么不能?"查尔斯没好气地反问道。

"哦,完全可以,完全可以,"那人连忙和气地说,"我刚才不过是好奇罢了。不过好像有点头重脚轻啊。"

查尔斯扭过身去,使劲把捆扎的绳子往下拉,但其实一点儿都没有勒紧。

"那群狗肯定能拖着这堆奇妙的玩意儿从早跑到晚。"又一个人肯定地说。

"当然喽。"哈尔说,态度冷淡但不失礼貌。他一手握橇杆,另一只手扬起皮鞭。"走呀!"他喊道,"快走呀！"

狗群一跃而起，拉紧绳套，使劲拖了几下，又松了劲。他们拉不动雪橇。

"懒惰的畜生，得给点颜色不可了。"他大声说道，打算甩起皮鞭抽他们。

梅斯蒂忍不住叫起来："哎，哈尔，这可不行。"她从哈尔手里夺走鞭子。"这群可怜的小东西！你必须答应我，在之后的路程上不能对他们这么狠，要不我就一步也不走了。"

"你对狗还真了解啊，"她弟弟挖苦了一句，"你可别来管我。这都是些懒骨头，我跟你说，非用皮鞭抽他们不可，要不他们就不肯出力。这是他们的天性，不信你随便找个人问，就从那几个里找一个。"

梅斯蒂恳求地望着那几个人，漂亮的脸蛋上显出一种绝不愿意让狗受罪的意思。

"他们已经非常虚弱了，这么说吧，"其中一人说，"完全累垮了，就这么回事。他们需要好好休息一阵子。"

"休息个屁!"嘴上光溜溜、没长胡子的哈尔说道。梅斯蒂一听这句粗话忍不住"啊"了一声,心里气愤又难过。

但她毕竟不能胳膊肘往外扭,所以立刻替她弟弟说话了。"别理那家伙,"她用刻薄的口气说,"这是我们的狗,你觉得怎么做最好就怎么做。"

哈尔的皮鞭啪地又一次抽在狗群身上。他们立刻绷紧绳套,脚扎进已经踩瓷实了的雪地里,弓着身体,使出浑身力气猛拉。然而雪橇像生了根似的纹丝不动。试了两次之后,狗队又站在那里不动了,嘴里全都喘着粗气。皮鞭疯狂地呼啸着,梅斯蒂实在看不下去,再次出来干涉。她在巴克身边跪下来,含着泪水搂住了巴克的脖子。

"多可怜的宝贝呀,"她同情地哭了,"你怎么不使劲拉呀?——使劲拉就用不着挨鞭子了。"巴克并不喜欢她,可又觉得实在太悲惨了,难以拒绝她的同情,就把这也当成了一天悲惨工作的一部分。

有个旁观的人,刚才一直紧闭嘴巴没说话,这会儿忍不住开口了:"你们爱怎么样就怎么样,与我无关,我是看在这群狗的分上才管这个闲事的。你们只要先把雪橇挪动一下,就替这些狗解围了。雪橇的滑板都冻在雪地里了。使劲推橇杆,再左右摇几下,雪橇就松动了。"

于是又试了第三次,这次哈尔倒是听了劝告,把冻在雪地里的滑板都弄松了。超载的庞然大物向前挪动,巴克和同伴们冒着雨点般的皮鞭,拼命拖拉。道路在前方一百码的地方转弯儿,接着下个陡坡,通到大街上。这可需要有经验的驾橇人,才能确保头重脚轻的雪橇不会翻跟头。哈尔根本不是这样的好手。所以刚上弯道,雪橇就翻了。本来绳子也没捆结实,东西滚落下一半。但狗却没有停下来,翻倒的雪橇重量轻了,一直颠簸着跟在狗队后面。他们非常生气,因为受到了虐待,而且雪橇的重量也过于沉重。巴克怒气冲天,只管往前跑,别的狗也一块儿跟着跑。哈尔高声叫喊:"嚯!嚯!"可狗群压根儿就不理他。哈尔一个趔趄被拖了个跟头,翻倒的雪橇立刻从他身上压了过去。狗群一口气跑到了斯卡威镇的大街,把剩下的行装沿路抛撒,给小镇平添了几分热闹。

热心的市民主动帮忙把狗勒住,把沿路散落的东西都捡拾到一块儿,还帮他们出了不少主意。他们建议道,要想去道森,行装非得减半不可,而且狗还得增加一倍。哈尔和他姐姐、姐夫不耐烦地听着,一边支起帐篷,仔细清点行装。看到他们翻出些罐头食品,人们都乐得大笑起来,因为在雪道上做长途旅行,罐头可是连做梦也不敢想的东西。"这些毛毯够开一个旅店用的了,"有个边笑边帮忙的人说道,"连一半都用不了,扔掉算了。帐篷和盘子都扔掉——谁顾得上洗呀。我的天,你们以为这是乘火车旅行呀?"

那些多余的东西这才被彻底清除掉。梅斯蒂看着自己的衣服袋子被抛在地上,一件又一件东西被揪出来扔掉,她不禁伤心地哭了。她为经历的这一切而哭泣,为每一件丢掉的东西而哭泣。她两手抱膝,哭得前后摇晃。她断然说道,一步也不走了,哪怕有十二个查尔斯求她,她也不走了。她朝每一个人、每一件东西哭诉,但最终还是擦干泪水,动手扔东西,就连自己不能缺少的衣物也不例外。她起劲地扔着，扔完自己的东西还不算，还像一股旋风似的扫荡起男人的东西。

清理完行装，东西尽管少了一半，可还是挺吓人的一大堆。晚上，哈尔和查尔斯又去买了六条外来狗。有这几个新来的，再加上原来的六名老队员，还有那次破纪录行程中，在林克湍吸收的两条爱斯基摩狗蒂克和库纳，组成了一支拥有十四名成员的狗队。那六条外来狗，尽管一登陆就经受了扎实的训练，但还是顶不上多大用。三条是短毛猎犬，一条是纽芬兰狗，剩下两条是血缘不明的杂种狗。这些新来的家伙好像什么都不懂，巴克和老队友们看见他们就讨厌。巴克很快就教他们学会了安分守己，明白了什么事做不得，尽管如此，却无法教他们明白应该做什么事。他们并不喜欢拉雪橇。除了那两条杂种狗，其他几个对自己所处的陌生而荒蛮的环境，以及他们受到的虐待，感到茫然不知所措，一直情绪低落。两条杂种狗压根儿就提不起精神来，瘦得浑身上下就剩一副嶙峋的骨头架子了。

新来的几条狗毫无生气，一副可怜兮兮的样子，原来的狗也因连续拉橇二千五百英里而累垮了，所以这一次的前景并不乐观。可是两个男人却很高兴，一脸得意的模样。他们也够气派的，拥有十四条狗。他们也曾见过别的雪橇从这儿出发，翻越山关，前往道森，或是从道森来这儿的雪橇。但是多达十四条狗拉的雪橇，还从来没有过。就北极的特点而言，一般不用十四条狗拉雪橇是有原因的——一辆雪橇拉不了这么多狗的食物。然而哈尔和查尔斯根本不懂这个。他们只是用笔提早写好旅程安排，每条狗吃多少，总共有多少条狗，共多少天，证明完毕。梅斯蒂俯在他们肩头，一边看他们计划，一边了然地点头，原来很简单嘛。

第二天早晨晚些时候，巴克率领着一支阵容庞大的狗队行进在大街上。可是狗队没有什么精神，个个无精打采的。他们是在筋疲力尽的状态下出发的。盐湖至道森的路程，巴克已经打了两个来回，累惨了也腻透了。现在又一次踏上这条老路，他心里真不是滋味。他的心思无法集中在拉橇上面，别的狗也都没心思干活儿。那几条外来狗吓得畏首畏尾，狗队的老成员们则对主人毫无信心。

巴克朦朦胧胧地感到，无论是对那两个男人还是那个女人，都不能信任。他们什么都不懂。而且日子一天天过去，他们也没有长进。他们遇事总是那么漫不经心，得过且过，一点儿条理也没有。搭个帐篷还要大半夜的工夫，而且搭得七扭八歪。撤离营地竟也要花上半个上午的时间来收拾东西，结果把雪橇装得不像样子，整个白天剩余的时间里，就只好走一阵，停下来整理一阵。有时候他们每天连十英里也走不了。有些天他们干脆歇着不动。路上需要的狗粮，是两个男人根据每天走多少路程算好的，但他们没有哪一天能把当天的路程走完一半。

狗粮不够吃是肯定的了，可他们还一点儿都不节制，一直要把狗填得再也吃不下为止，大大提前了断粮的时间。那几条外来狗的胃口没有受过长时间的饥饿锻炼，不会从尽可能少的食物里吸收尽可能多的营养，所以每顿吃起来都是狼吞虎咽，胃口很大。看见这种情形，又见那些爱斯基摩狗拉橇拉得无精打采，哈尔就断定，这是给他们的口粮定量太少了，于是又把定量加了一倍。除此之外，梅斯蒂总是要求哈尔多喂点儿，甚至哽咽着，美丽的眼睛噙着泪水祈求哈尔，要是哈尔不答应，她就悄悄打开狗粮袋，偷出一些鱼来喂狗吃。然而，巴克和爱斯基摩狗需要的并不是食物，而是休息。尽管磨磨蹭蹭走不了多少路，但是沉重的雪橇依然严重地消耗着他们的体力。

紧接着就开始了限量喂食。有天哈尔早上睡醒，突然发现狗粮消耗了一半，而路程刚走完四分之一。还有更加不妙的情况，那就是凭你有天大的本事，也休想再弄到狗粮了。他赶紧把每条狗的定量减少，并且还努力增加每天的行程。他姐姐和姐夫也都帮忙出谋划策，然而行装太沉重了，他们也都太无能了，结果搞得自己非常狼狈。减少狗吃的东西倒很简单，但想让狗走得快些，可就不那么好办了。另外他们每天早上因为起不来，无法早点儿上路，这就不能加长赶路时间。他们不仅不知道怎么管好狗，而且连怎么管好自己都不知道。

第一个死去的是大笨。这个笨贼老是被当场抓获，惨遭惩罚，但干活儿还是很卖力气。他的肩胛骨扭伤后既没治伤，也没休养，伤势越来越重，哈尔终于看不下去，用他那把大左轮枪结束了他的生命。北方流传着这样的说法：外来狗吃爱斯基摩狗的口粮，非饿死不可。巴克麾下的六条外来狗只吃爱斯基摩狗口粮的一半，结果也只能是饿死。第一个饿死的是那条纽芬兰狗，接下来是三条短毛猎狗，那两条杂种狗倒是挣扎着多活了几天，但到头来还是死路一条。

直到这时，三个人身上那种南方人温文尔雅的气质才算消磨殆尽了。没有了想象的风光和浪漫，到北极旅行对他们这些男女来说，就变成了过分严酷的现实。梅斯蒂再也顾不上为狗伤心哭泣了，因为现在她只有为自己伤心哭泣、为跟丈夫和弟弟争吵而伤心哭泣的份了。吵架是唯一一件不管多累他们都不会厌倦的事。因为处境糟糕，他们的脾气也变坏了。处境越坏，脾气就越暴躁，结果脾气的恶劣远远超出了处境的恶劣。在这茫茫的雪道上，只有那些能吃苦受罪，能随遇而安谈笑自若的人，才能表现出令人惊叹的耐性。而他们三个绝对没有这种耐性，连一丁点儿都没有。他们疲惫不堪、浑身酸痛，心也在痛。所以几个人说起话来十分尖刻，清早醒来的第一句和夜里睡觉前的最后一句，都是很难听的话。

只要梅斯蒂给点机会，查尔斯就肯定要和哈尔吵架。这两个男人都坚信自己干了太多的活，一有时机就想炫耀。梅斯蒂忽而向着丈夫，忽而向着弟弟，结果就导致了一场没完没了的精彩内讧。最初只是为谁去砍柴火（只是查尔斯和哈尔之间的争执）这样的鸡毛蒜皮而争执，可是不一会儿，就会把家里的人卷进来，双方父母，叔伯姑舅，各路表亲，八竿子也打不着的远亲，就连死去的人也会被扯进来。哈尔对艺术的看法，或者是舅舅写的那个社会剧，竟然也和砍几根柴火发生了关联，令人费解。但是争吵的内容不仅于此，也涉及查尔斯的政治偏见。查尔斯的姐姐爱说闲话，居然也和育空河地区的篝火发生了联系。这事显然只和梅斯蒂有关，因为唯独她一人对这个话题大发议论。夫家人那种特有的令她不悦的秉性，她偶尔也会评论一下。与此同时，没人生火，帐篷只搭了一半，狗也没人去喂。

梅斯蒂一肚子委屈——女人的委屈。她漂亮温柔，从来都受到男人们的殷勤对待，如今丈夫和弟弟对她却毫无殷勤可言。她习惯做出一副无能为力的样子。但两个男人却抱怨起来，指责这个她认为自己作为女性最重要的特质让他们无法忍受。她不再关心狗的状况，她自己累得浑身酸痛，走不动路，非要坐雪橇不可。虽说她漂亮温柔，但毕竟也有一百二十磅的体重——这个重量放在雪橇上，就成了压在那群瘦弱饥饿的拉橇狗身上的最后一根稻草。她接连几天坐雪橇，最后狗终于拉不动倒在雪道上，雪橇停住了。查尔斯和哈尔连哄带劝，叫她下来步行，可她一直哭个不停，嘴里喋喋不休地数落他俩，骂他们太残忍了。

一次，他俩使足了力气把她从雪橇上拖下来，但之后就再没这么做过了。因为她像个宠坏的孩子，一屁股坐在雪地上，看着两人往前赶路，她却动都不动。害得两人都走出去三英里地，还不得不卸空雪橇折回来接她，费了好大劲儿才把她弄到雪橇上。

他们自己也狼狈不堪，哪里还顾得上狗受的罪。哈尔有个观点，不过这个观点是只针对别人的，那就是该狠心时就要狠心。起初他向姐姐和姐夫宣扬他这种观点，没有什么效果，他气急败坏地拿过棒子在狗身上实践起来。走到五指湍时，狗粮终于告罄。一个没牙的印第安老太婆，想用几磅冻马皮交换哈尔的左轮枪，这枪他一直和那把大猎刀一块儿挂在腰上。这些东西充当狗粮实在是很差劲，因为这是半年前从牛仔的那些饿死的马身上剥下来的皮，冻得硬邦邦白晃晃的，好像一条条白铁皮。狗把它撕碎咽到胃里，就化作一根根没有营养的细皮线和一团短毛，又难受又不好消化。

巴克对这一切都默默忍受着，他步履蹒跚地走在队伍前面，仿佛在做一场噩梦。他总是能拉就拉，拉不动就躺倒在地，直到被皮鞭或棒子赶起来。他那一身漂亮的毛皮失去了往日的弹性和光泽，毛发无力地垂落下来，身上挨过哈尔棒子的地方，凝成了血块。肌肉严重消耗，变成了一根一根纽结暴突的筋。脚爪上连肉垫都没有了，浑身就剩下一张干瘪皱巴的皮，骨架凸出，一根根显露出来。这副样子让人看了心碎，但是巴克的心碎不了。那个穿红毛衣的人早就证明了这一点。

巴克是这样，他的伙伴们也全是这样，统统成了会走路的骨头架子。加上巴克，总共还剩七条狗。遇到这等灾难，皮鞭和棒子对他们已经不起作用了。挨打的疼痛显得异常模糊和遥远，如同他们看见的、听见的一样模糊和遥远。他们不是只剩了半条命或小半条命，他们只不过是一皮囊骨头，其中的生命之光就像风里的蜡烛一样微弱。雪橇停下来的时候，他们就倒在雪橇上，活像几条死狗，生命的火星子十分黯淡，随时可能熄灭。每当棒子和皮鞭落在他们身上时，这火星子就又闪烁起来，他们也随之摇摇晃晃地站立起来，步履艰难地走下去。

一天，好脾气的比利倒下后再也没有站起来。哈尔已经用他的左轮枪交换了马皮，所以比利倒在缰绳中间时，哈尔只好拿着一把板斧劈在比利头上，再砍断比利的缰绳，把尸体拖到路边。这情景巴克看见了，他的伙伴们也看见了。大家都明白，这事就快轮到他们头上了。第二天，库纳也死了，全队就剩下五条狗了。乔已经虚弱不堪，再不像原来那么凶神恶煞。派克一瘸一拐的，只剩下了一半的知觉，连装病都不够用了。独眼索雷斯依旧忠实卖力地拉橇，但不幸的是他毕竟也拿不出多少力气了。蒂克因加入狗队的时间还不长，冬季没有走过那么长的路，所以挨打最多。巴克仍然一马当先走在队首，但不再维持秩序，这方面的工作他根本顾不上了。他已经虚弱得每天有一半时间看不清东西，沿雪道往前走凭的是隐隐约约的影子和脚底下的微弱感觉。

已经到了美丽的春天，可是狗和人都没有意识到已经换了季节。每天太阳升起得更早，落得也更晚。凌晨三点天就微微放亮了，到晚上九点才渐渐暗下去。长长的白日阳光普照，亮得耀眼。冬天那幽灵般的死寂悄然离去，取而代之的是生命复苏后壮丽的春之絮语。这絮语无处不在，充溢着生命的喜悦。这絮语来自那苏醒后又开始运动的生物，而在漫长寒冷的冬日里，这些生物像死去似的一动不动。松树又分泌出松汁，杨柳新吐出嫩芽。灌木丛、藤蔓披了一层新绿。入夜，蟋蟀高歌；

白天，昆虫集会，在太阳下婆娑起舞。森林里，鹧鸪欢叫对歌，啄木鸟笃笃有声。松鼠叽叽，小鸟喳喳，来自南方的大雁，排成整齐的队列横穿长空，雁叫声声从头顶掠过。

潺潺流水来自一面面山坡，远远奏响了山泉的旋律。万物都在消融，碎裂，噼啪作响。育空河正努力挣脱禁锢自己的坚冰。河水从下面消蚀着残冰，阳光从上面把冰层融化，冰面上渐渐露出许多小孔，迸开道道裂缝。薄冰片片，陷入河水。在迸发、爆裂和律动的生命复苏之中，在耀眼的阳光普照下，在拂面和风的阵阵低语声中，两个男人、一个女人和几条狗蹒跚而行，活像一群走向阴间的生灵。

几条狗一路上不断跌跤，梅斯蒂坐在雪橇上哭哭啼啼，哈尔并无恶意地咒天骂地，查尔斯则眼里噙着渴望的泪水，三人就这样跟跟跄跄地走进了白河河口那片约翰·桑顿的营地。他们刚停下，狗就活像被击毙似的，一个接着一个躺倒在地上。梅斯蒂擦干眼泪，望着约翰·桑顿。查尔斯坐在一根木头上歇着，因为浑身发僵，他是慢慢坐下来的，像个七老八十的人那样费力。哈尔管自上前去搭腔。约翰·桑顿正用一根桦木棍做斧头把子，削最后几刀。手上削着，耳朵听着，嘴里还嗯啊地应和着。哈尔问话，他就简短地回答，给几句忠告。这样的人他见得多了，很清楚就算给了忠告也没用，他们绝不会听从。

"还在上面的时候他们就告诉我们说，雪道的底子在融化了，最好的办法就是待着别动，以后再走。"哈尔说，因为桑顿跟他说别在这种冰雪融化的天气去冒险走雪道。"他们还说我们到不了白河，可你瞧我们这不是到这儿了。"哈尔又得意地添了一句。

"他们说得没错，"约翰·桑顿答道，"雪道的底子随时会化掉。只有傻瓜，靠着一股子傻运气，才能瞎撞到这儿来。跟你实话说吧，你就是把阿拉斯加的金子全给我，我也不会豁出命去冒这个险。"

"你这么说是因为你不是个傻瓜，"哈尔说，"不管怎么说，反正我们这趟是走定了，非去道森不可。"他把卷起来的皮鞭一甩。"给我起来，巴克！起呀！走啦！

上路啦!"

桑顿接着削斧柄。他明白,想叫傻瓜别干蠢事,实在是闲着没事白费功夫。再说啦,这世界上傻瓜有的是,多两个少两个,一切都是照旧。

但是,几条狗听到命令后并没有立即起身,他们早就到了不在乎挨皮鞭的地步了。只见皮鞭甩起,啪啪抽打着,无情地执行使命。约翰·桑顿紧闭嘴巴。第一个站起来的是索雷斯,下一个是蒂克。接着乔也站起来了,但刚站起来就疼得大叫不止。派克费了好大劲,有两次都站起了一半又倒下了,第三次才勉强站住。巴克根本没有起来的意思,继续在倒下的地方静静躺着。一鞭又一鞭抽打在他身上,但他既不叫也不动。桑顿有好几次想站起来说点什么,但最后还是改了主意。他的双眼湿润了,见狗还在挨鞭子,他起身犹豫不决地走来走去。

巴克还是头一回不听命令,这足以让哈尔气得发狂了。他把手中的皮鞭换成大棒。雨点般的大棒重重打在巴克身上,可他还是动也不动。他和同伴们一样,连起身的力气也没有了,但是他又和他们不一样,他打定主意决不站起来。他朦朦胧胧地感觉到一种不祥之兆。当他到达河岸时这种感觉就很强烈，后来一直没有消失。他一整天都感觉脚下的冰雪又薄又软，好像快要大难临头了，就在前面不远处的冰雪上，就在主人驱赶他去的地方。他趴在那里纹丝不动，已经遭受了太多苦难，身体也很虚弱了，棒子打在身上已不觉得疼了。棒子继续落在身上，他体内生命的火花闪烁地逐渐暗淡，就快熄灭了。他感到一种奇怪的麻木不仁，只意识到自己正在挨打，但却仿佛很远似的。痛苦终于离开了他，再也感觉不到了，但还是能听到棒子击打皮肉的声响，可是这皮肉不再是他自己的了，似乎离得很远很远，遥不可及。

突然，约翰·桑顿冷不丁大叫一声，仿佛野兽吼叫一般，随着这声大叫，只见桑顿猛地扑向挥舞棒子的哈尔。哈尔没有提防，像被一棵倒下的树猛砸了一下似的，后退了好远。梅斯蒂发出一声尖叫，查尔斯擦了擦眼睛，露出惊骇的神情，但他因身体僵硬没站起来。

桑顿气得浑身发抖，他站在巴克身边，竭力控制住自己的情绪，一时说不出话来。

"你要再打一下这狗，我就杀了你。"他最终用哽咽的声音说道。

"这是我的狗，"哈尔答道，一边往回走，一边擦着嘴角上的血，"滚蛋，要不我可对你不客气了。我要去道森。"

站在巴克和哈尔之间的桑顿，根本没有让开的意思。哈尔把挂在腰间的那把长猎刀抽出来。梅斯蒂忽而大哭，忽而尖叫，忽而大笑，歇斯底里发作了一通。桑顿用他那根刚削好的斧子柄照哈尔的手背敲了一下，敲得哈尔手一松，刀落在了地上。哈尔刚打算弯腰把刀捡起来，没提防桑顿又敲了他手背一下，然后他自己先把刀捡了起来，嚓嚓两下就把巴克身上的缰绳割断了。

哈尔一下子像泄了气的皮球，失去了斗志。再说他的双手或者不如说是双臂，正被他姐姐拉着，而且巴克也离死不远了，没法儿再拉雪橇了。几分钟后，他们便离开河岸走上了河床。巴克听见狗队启程上路，抬起头来目送着他们离去。只见派克领头，索雷斯驾橇，走在中间的是乔和蒂克。他们踉踉跄跄、步履艰难地拉着橇。满载的雪橇上还坐着梅斯蒂。哈尔掌着橇杆，查尔斯跟在雪橇后面蹒跚而行。

巴克看着队列远去，桑顿跪在他身边伸出一双布满老茧的手，慈爱地抚摸他，小心地摸索着，想发现哪一根骨头被打断了。但是只发现了些青肿的淤血块，以及巴克极度饥饿的状态。这时，雪橇已经走出去四分之一英里了。巴克和桑顿一起看着在冰上滑行的雪橇。突然，只见雪橇的尾部往下陷，好像是陷进了橇辙里，而橇杆却高高翘了起来，哈尔紧抓的橇杆也跟着悬在半空。接着传来了梅斯蒂的尖叫声。他们看见查尔斯转身跨了一步，正打算往回跑，不料那块冰整个塌陷下去，顷刻间狗和人都不见了。只能看见他们陷下去的地方成了一个张着大口的黑窟窿。雪道的底层融化了。

约翰·桑顿和巴克互相看了一眼。

"你这可怜的鬼东西。"约翰·桑顿说，而巴克则舔了舔他的手。

## 第六章

## 为了一个人的爱

去年十二月,约翰·桑顿把脚冻伤了,伙伴们就让他留下来养伤。他们自己溯流而上,去砍木头造木排,准备去道森。他救下巴克时脚还有点儿瘸,但随着天气一天天变暖和,脚很快就全好了。在漫长的春天里,巴克天天躺在河岸旁,凝望着奔流不息的河水,懒洋洋地侧耳谛听百鸟歌唱和大自然的低吟,体力也渐渐恢复了。

经过三千英里的艰难跋涉,能停下来彻底休息,真是身心皆爽,巴克身上的伤口渐渐愈合,肌肉又丰满起来,原来嶙峋突显的骨头上又覆盖了一层新肉。但是也不得不说,在疗养期间,巴克变懒了。说起来,大家——巴克、约翰·桑顿、斯基特和尼格——全都在消磨时光,无所事事,等待木排到来,载着他们顺流而下去道森。斯基特是一条矮小的塞特种母猎犬,见面不久,就和巴克交上了朋友。当时巴克奄奄一息,就快死了,没法儿拒绝她的殷勤。有些狗生来就有在狗群里做医生的素质,斯基特恰好就是这样。她一直给巴克舔伤口,像母猫舔小猫一样。每天巴克吃过早饭,她都要照例来完成这项自我分配的任务,结果习惯成自然,巴克总盼着她来照料自己,就像他盼着桑顿来照料自己一样。尼格也同样友好,尽管感情不是那么外露。他是一条大黑狗,一半警犬血统,一半猎鹿犬血统,有一双笑眯眯的眼睛,脾性十分温厚。

巴克特别惊讶,这两条狗居然丝毫没有表现出嫉妒他的样子。他们仿佛受了约翰·桑顿的影响,也是那么仁慈宽厚。巴克的身体一天天强壮起来,他们便引导他做各种滑稽有趣的游戏,就连约翰·桑顿也常忍俊不禁,情不自禁地参加进来。就这样,巴克愉快地度过了康复期,开始了新的生活。爱,真正热烈的爱,头一次在他心中燃起。这种爱即便是在阳光普照的圣克拉拉谷米勒法官府上，他也从来没有体验过。跟法官的儿子们打猎漫步，是工作上的伙伴情分；陪法官的孙子们，是威风堂堂的护卫职责；和法官本人之间，是庄严高贵的友谊。但是啊，这种如烈焰般狂热的爱，痴迷倾倒的爱，却是由约翰·桑顿从他心底唤起的。

这个人是他的救命恩人，这已经很重要了；另外他还是个理想的主人。别的人也照顾自己的狗，但那是出于责任感和工作需要；而他照顾自己的狗，真好比照顾自己的孩子，是情不自禁地这么做。还不仅于此呢，他从来都不会忘记亲切地打个招呼，说上一两句开心话。他还会坐下来跟他们长谈（他管这叫"聊"），聊得大伙儿都开心，他自己也开心。他喜欢粗鲁地用双手捧住巴克的头，把自己的头靠上去，喜欢一前一后摇晃巴克的脑袋，嘴里还骂些个不干不净的话，但巴克觉得很中听，是爱的表示。这种粗鲁的拥抱和不干不净的咒骂，让巴克体验到从来没有过的愉快，每次脑袋被前后摇晃时，他的心都会狂跳不已，仿佛要跳出胸腔，一阵狂喜就会在心中掠过。桑顿松开手后，巴克会一跃而起，张开嘴显出笑意，眼睛里充满深情，喉咙里颤动着发出几乎听不见的声音，就这样愣愣地一动不动。这时约翰·桑顿就会肃然起敬地惊呼："天哪，你除了不会说话，真是什么都会啊！"

巴克表达爱的方式很独特，简直近乎伤害了。他时常把桑顿的手含在嘴里，用力咬住。后来过了很久，桑顿手上还留着他咬出的牙印子。巴克觉得桑顿的咒骂是爱的表示，同样，桑顿也明白，巴克假装咬他也是一种爱抚。

不过一般来说，巴克还是以崇敬的方式来表达自己的喜爱。每当桑顿抚摸他或是跟他说话，他都会欣喜若狂，但他并不刻意寻求这种爱的表示。在这方面他跟斯基特和尼格都不一样。斯基特惯于用鼻子拱桑顿的手，一直要拱到他拍拍她的脑袋为止。尼格则喜欢上前去把自己的大脑瓜枕在桑顿的膝头。巴克满足于站在一边表示自己的崇敬。他会长久地趴在桑顿脚旁，显出热切而机警的表情，凝视着桑顿的脸，怀着极大兴趣，仔细观察他每一个转瞬即逝的表情、面部的每一个细小动作或变化。偶尔他也会趴得稍远些,在桑顿侧面或身后,这时他便注视着桑顿的轮廓,以及他身体偶尔的动作。他俩往往灵犀相通,巴克凝视桑顿的背影时,桑顿会转过头来,也默不作声地凝视巴克,就像巴克的内心透过目光表达出来一样,桑顿也用目光表达着自己的内心。

巴克得救后有很长一段时间,不愿意让桑顿走出自己的视野。从他走出帐篷那一刻起就一直跟在对方身后,直到他再回到帐篷。自从进入北方以来,巴克的主人经常变换,让他产生了一种恐惧,唯恐没有一个主人能够长久不变。他很担心桑顿会像波罗特、弗朗索瓦和那个苏格兰混血儿一样,一个接着一个从他生活里消失。就连在夜晚睡梦中,这种恐惧都时常出现在他脑海里。每逢这时,他就不再睡觉,冒着严寒起身,轻轻来到帐篷门帘外,站在那里侧耳倾听主人的呼吸声。

尽管巴克对约翰·桑顿怀有深情,似乎休现了文明潜移默化的作用,然而北方在他心底唤起的原始本性,却仍在体内存活着,而且非常活跃。他拥有忠诚和献身精神，这些都来自那种以火炉、房屋为特征的文明生活。不过他身上还保留着自己的野性和狡猾。他本是野兽，从荒野走来坐在约翰·桑顿的火边，而不再是那种带有一代代文明标记的南方狗。由于对主人怀有深切的爱，他不能偷主人的东西，至于别人的东西，其他营地的东西，他偷起来片刻都不会犹豫；而且偷得十分狡猾，谁都不会发现。

他脸上、身上刻着许多狗咬下的道道伤疤，但勇猛仍不减当年，且变得更加机警。斯基特和尼格的脾气太好了，从来都不争吵，而且他们属于约翰·桑顿。凡是陌生的狗，不管什么种类，不管是否勇猛，很快就能认可巴克至高无上的地位，否则就要和一个可怕的对手进行殊死搏斗。巴克是无情的，他非常了解棒牙法则。他绝不会放弃有利时机，在把仇敌逼上死路时，绝不会大发慈悲。他从斯皮兹身上得到过教训，也从警署和邮队的战斗主力狗那里得到过教训，从中明白了一个道理：那就是没有中间的路线，要么去支配，要么受支配；仁慈是个弱点。在原始生活中，怜悯是不存在的，那会被误解为胆怯。而这种误解往往导致死亡。杀或被杀，吃或被吃，这是不二法则，是从远古时代传递下来的法令，他遵守这法令。

巴克比他实际已经活过的年岁显得更老些。他把过去和现在连在了一起，他背后的永恒以强烈的律动在他的体内震颤着，这律动支配着他，如同支配潮汐和季节。他坐在约翰·桑顿的火边，呈现出的形象是条胸膛宽阔、长着白尖牙和一身长毛的大狗，而他身后却隐藏着形形色色的狗、半狼半狗、野狼，这些狼和狗的影子催促着他，激励着他，尝他吞噬的肉味，喝他饮下的水，同他一道嗅风，一道谛听，给他讲述森林里野兽发出的声响，支配他的情绪，指导他的行动。他躺下来时，也同他一道躺下睡觉，同他一道做梦，又超脱形骸之外，成为他梦中的影像。

这些影子的召唤令他无法抗拒，因而人类，以及人类对他的要求一天天离他远去。在密林深处，有一个声音在呼唤，他常常听到这个神奇的呼唤，那么具有感染力和诱惑力，让他忍不住想转身离开篝火，离开被人踏平的土地，跃入森林，不停地向前奔跑，但连他自己也不知道要去往何方，为何要去，而他也不愿明白。只有那呼唤在密林深处悠然回荡，无法抗拒。但是每当他走到这柔软的未被践踏的土地上，来到浓密的树荫下时，他总是难以割舍对约翰·桑顿的眷恋，就又重新被拉回篝火旁。

桑顿是巴克唯一牵挂的人。除此以外，所有人类都算不了什么。偶尔经过这里的人，拍拍他，夸他几句，但他都相当冷淡。要是有人过分殷勤，他就索性站起来走开了。桑顿的两个伙伴汉斯和皮特终于撑着盼望已久的木筏子回来了，而这时巴克却并不主动理睬他们，后来才明白他俩和桑顿的关系密切，这才勉强表示友好，但依旧并不主动，似乎是为给他俩一点面子，才接受他俩的宠爱。他俩和桑顿一样，为人直爽，朴实厚道，但目光非常敏锐。木排还没有走到道森木材厂旁的河水湾，他俩就摸清了巴克的脾气，因而也就不要求他表现得像斯基特和尼格一样亲热。

但是他对桑顿的爱却是与日俱增。夏天到来后，旅途上唯有他一个人可以让巴克驮着背包。只要桑顿一声号令，即使赴汤蹈火巴克也在所不辞。一天，他们用卖了木排的钱做盘缠，离开道森去塔拿纳河上游源头。几个人和所有的狗都登上了一座峭壁顶上坐下来，那峭壁垂直向下足有三百英尺深，底下便是一块块裸露在河床上的大石头。约翰·桑顿就坐在峭壁边上，身旁便是巴克。桑顿一时心血来潮，心里琢磨着想做个测验，就招呼汉斯和皮特过来。"跳，巴克！"他命令道，手向下面的深谷一挥。话音刚落，巴克便似离弦的箭，腾身跃起。下个瞬间，桑顿猛地扑起来抱住巴克，扭抱着滚到了峭壁边缘，汉斯和皮特急忙动手连拉带扯把他俩拽回安全地带。

"真够怪的。"事过之后皮特说，这时大家才慢慢缓过劲来。

桑顿摇了摇头说："没什么怪的，棒极了，也真够吓人的。你们明白吗，有时我会觉得可怕。"

"只要他在你身边，我可连碰都不想碰你一下。"皮特肯定地说，一边冲巴克点点头。

"哇呀！"汉斯也帮腔道，"我也不想。"

那年年底，瑟科发生了一件事，让皮特的担心成了真。伯顿是个脾气火爆、心狠手辣的家伙，在一间酒吧跟一个新来的过不去。桑顿在一旁看不下去了，就上前去劝架。当时巴克照例还是趴在一个角落里，脑袋搁在前爪上，密切注视着主人的一举一动。突然，伯顿猛地出手重重给了桑顿一拳，桑顿没提防被打得直晃悠，幸亏抓住了柜台边的栏杆，才没有摔倒在地。

旁观的人都听到了一个声音，不是尖叫，也不是狂叫，说得恰当些，应该是一声怒吼。霍地一下，只见巴克腾身离地，扑向半空直取伯顿的咽喉。那家伙出于本能伸手一挡，这才保住咽喉没被咬断，可还是被扑了个仰面朝天，巴克就势把他压在地上，死死咬住他的胳膊不放。忽然巴克牙齿一松又向脖子咬去。这一回那家伙没能挡住，脖子登时被撕开一个口子。围观的人一看不妙，赶紧一拥而上把巴克赶开。但就在医生赶来止血的时候，巴克仍未消气，还在愤怒地咆哮着，跃跃欲试地企图扑咬，直到看见一排恶狠狠的棍棒横在面前，他才悻悻地退下去。在场的矿工们立刻召开了一次现场会议，会议认为巴克咬人事件是事出有因的，免予追究。但这件事还是让巴克出了名。

后来，就在那一年的秋天又出了一件事，巴克又一次救了约翰·桑顿，不过方式完全不同。那是在"四十英里河"的一处险滩，水流湍急。当时，三个搭档一块儿顺水放船，那是一条又细又长的撑篙船，汉斯和皮特在岸上拽着系在船上的一根细棕绳，正在一棵树一棵树绕着把船拉住，免得被激流冲跑。船上就站着桑顿一个人，边撑船边向岸上发号令。只见巴克在岸上死死盯着看，显得心急火燎，紧紧随着船往前走，眼睛一刻也不离开主人身上。

有一处特别险恶，从岸边向水里突出了一排礁石。汉斯放出去一些绳子，桑顿把船向里面撑去，汉斯就在岸上跟着跑，手里拽着绳头，拉着船，绕过了礁石。可是刚绕过去，就被激流冲得飞奔而下，汉斯连忙拽紧绳子拉船，但拉得太猛，一下把船拉翻了，桑顿翻落水中，船底翻出水面，冲向岸边，而桑顿则被冲到了一块最险恶的地方，那是水花翻滚的漩涡，万一被卷进去，断无生还之理。

巴克见状立即跳入水中，游了三百码才在一个急速旋转的漩涡追上桑顿。他感觉桑顿抓住了自己的尾巴，便拼命朝岸边游去。但是靠岸的速度十分缓慢，而顺流而下的速度非常快。河下游传来震耳欲聋的咆哮声，水流更加迅猛。有一溜儿岩石宛如一把巨大的树枝插入河水中，把激流劈碎，变成一股股汹涌的湍流，溅起爆炸般的水花。激湍流经最后一道陡坡时，形成了一股巨大的拉力，桑顿明白，要想上岸是不可能了。激流裹着他从第一块岩石边擦过去，经过第二块岩石时受了点儿伤，紧接着又撞上第三块岩石，撞得很重。他松开巴克，两手抓住了光滑的石头顶端。伴随着轰轰的激流声，他高喊道："快走，巴克，快走！"

巴克终于撑不住了，任凭水流把他冲向下游，他一路拼命挣扎但徒劳无功，就是游不回来。听到桑顿最后一声命令，他把身体向后仰了一下，伸长脖子仿佛要看上最后一眼似的，随后才顺从地掉头向岸边游去。他使出浑身力气和激流搏斗，游到再也游不动，就快遭遇灭顶之灾时，被皮特和汉斯拉上了岸。

他们明白，人在这种汹涌的激流中，抱住一块滑溜溜的石头，最多只能坚持几分钟。所以他们撒腿便向上游跑去，跑到离桑顿抱住岩石的地方较远的岸边，把拉船的绳子拴在巴克肩膀上，既不让绳子妨碍巴克呼吸，也不妨碍巴克划水，接着便放他下水。巴克勇敢地游出去，但没有游到河心。他意识到这是个错误，可是已经晚了。就在他经过桑顿时，他俩之间还有划好几下水才能够得着的距离，结果巴克无奈地被激流冲过去了。

汉斯立即拉紧绳子，好像巴克是条船似的。巴克在激流中被绳子这么一扯，身子就被扯到水下，而且一直都没有上来，直到被拉得撞到岸边，才被拖出水面。他被淹了个半死，皮特和汉斯赶紧扑到他身上拍打挤压，挤出水，拍进空气。他晃晃悠悠地站起来，但一个趔趄又跌倒了。这时他们听见了桑顿微弱的呼喊声，尽管听不清他喊什么，可是都明白他已经坚持到极限了。主人的喊声如同电击一般，让巴克浑身一颤。只见他一跃而起，一马当先沿着河岸猛跑，另两人紧紧跟上，来到刚才下水的地方。

巴克又一次被拴上绳子放下水，又一次游出去，但这次，他笔直地游向河心。他已经犯了一次错误，这次绝不能再犯同样的错误了。汉斯把绳子放出去一些，好让绳子绷紧，这样就不会打结。巴克一直往河心游，终于在上游和桑顿成了一条直线，这时他猛一转身，以特快列车的速度，迅速朝桑顿游去。桑顿看见巴克像攻城的大槌一样，带着排山倒海般的激流向自己冲来。桑顿伸出双臂猛地抱住巴克毛茸茸的脖子。汉斯把绳子拴在一棵树上，用力往回拉，把巴克和桑顿拉得沉下了水面。他俩又憋又呛，忽而一个冒出水面，忽而是另一个，被连拉带拖在坎坷不平的河底碰碰撞撞，最后硬是被拖上河岸。

后来桑顿苏醒了。他趴在一根漂木上，被汉斯和皮特使劲来回推拉了一阵。他刚睁开眼就寻找巴克。巴克身体瘫软，毫无生气，尼格伏在他身上不住地号叫。斯基特不停地舔着巴克湿漉漉的脸和紧闭的两眼。桑顿撞得遍体鳞伤，但他顾不上自己，巴克一恢复知觉，他就赶紧把巴克全身仔细查看了一遍，发现断了三根肋骨。

"就这么着吧，"他说，"我们就在这儿扎营住下。"于是，他们就住下来，一直住到巴克的肋骨伤全部痊愈。

那年冬天，巴克又立了一功。那是在道森，说来并不是什么英勇壮举，不过他却因此而在阿拉斯加名声大振。三个搭档对这件事非常得意，他们因此而获得了需要的装备，于是盼望已久的东部之旅也就有可能实施了。那是一片不毛之地，还没有出现矿工。事情是这样的：在埃多拉多酒店，大家围绕一个话题谈得热火朝天，都在吹嘘自己的爱犬如何能干。由于巴克的事迹已广为人知，大家都谈到了他，而桑顿当然是极力维护巴克的。大伙儿争论了半个钟头，还是僵持不下。这时有个人说他的狗最能干，能拉动装载五百磅货物的雪橇；另一个也不甘示弱，吹牛说他的狗拉得动六百磅；第三个更不客气了，说他的狗拉七百磅都不在话下。

"够了！够了！"约翰·桑顿沉不住气了，"巴克拉得动一千磅。"

"光是在原地拉动,还是要拉上一百码呢?"有人追问,这人叫马修森,是伯南札的淘金大王,刚才吹到七百磅的就是他。

"不但在原地拉动,还要拉上一百码。"约翰·桑顿斩钉截铁地答道。

"好啊,"马修森一字一板地说,目的是让在场的人都听见,"我这儿有一千块,我赌他拉不动。看好了,钱在这儿。"说罢,他便把一只像根粗香肠一样的金沙袋撂到了柜台上。

大伙儿谁都没出声。这么说吧,桑顿说下了大话,却让人较真了。他能感到脸上一下子热得发烫,他暗想,真是作茧自缚啊,都是这舌头惹的祸。其实巴克究竟能不能拉动一千磅重的雪橇,他心里没有底儿,那可是半吨哪!这个重量把他吓住了。他对巴克的力气是很有信心的,以前倒也常常觉得这个重量巴克拉得动。但现在是要当场见分晓,这种场面他还没有遇到过,十几双眼睛死死盯着他,大家都屏住呼吸等待着。另外他上哪儿去弄一千块钱？汉斯和皮特两人都没有这笔钱。

"我有一辆雪橇，这会儿就停在外面，上面正好装着二十袋面粉，每袋重五十磅，"马修森冷冷地说，"所以重量的事你就不用发愁了。"

桑顿什么也没说，因为他不知道该说什么好。他显出一副茫然若失的神情，好像丧失了思考能力，正寻找能让脑子重新运转起来的东西，于是环顾四周，扫视那一张张面孔，最终把目光停在了吉姆·奥伯林脸上。这人是马斯托顿的淘金王，是桑顿过去的老伙伴。这张面孔上好像有某种暗示，唤起了他的欲望，要去试一试自己做梦也没有想过的事。

"你可以借我一千块吗？"他压低声音问，几乎像是耳语。

"没问题，"奥伯林答道，一边动手把一个圆鼓鼓的袋子嗵的一声丢在了马修森那个袋子旁边，"不过，约翰，我倒是不大相信那畜生干得了这活儿。"

埃多拉多酒店一下子空了，人们一窝蜂跑到外面看热闹。桌子都空了，赌钱的和看场子的都跑出去，要看看这场赌博的结果,并且争着下注。有好几百人围观,个个穿着皮袄戴着手套,站成一圈儿,把那个雪橇围了个严严实实。马修森的雪橇上装着一千磅面粉,在那地方已经停放了两个钟头。天气还特别冷(零下六十度),雪橇的滑板已经在坚硬的雪地上冻牢了。人们继续下注,赌巴克拉不动的赔率为一赔二。大家还对"拉动"这个词意见不统一。奥伯林主张桑顿有权先把冻住的滑板敲松动,然后巴克把绝对静止的雪橇拉得动起来,就算数。马修森却一口咬定,这个词的意思,包括把滑板从冻结状态拉松动。刚开始就在场看打赌的那些人大部分赞成马修森的意见,于是赔率变为一赔三。

但是并没有人下注赌巴克赢,谁都不相信巴克有这本领。桑顿是一时冲动才卷进了这场赌博,本来心里就没底,此刻看着眼前这辆雪橇,更觉得事情严峻,何况雪橇前的雪地里还趴着十条狗,那是拉这个雪橇的常规狗队。他越看越觉得这事没指望,而马修森则越发得意了。

"一赔三!"他大声宣布,"我再加一千块,桑顿,你怎么说？"

桑顿脸上露出重重疑虑，然而这也激发了他的斗志——这种斗志超越了赌博，让人不考虑实际上的不可能性，除了一片叫阵声外，什么都听不见了。他把汉斯和皮特叫过来，他俩的钱袋也都很瘪，没有多少钱，倾其所有，三个搭档总共才凑了两百块。这阵子他们正手头拮据，这些钱就是全部资本了，但他们还是毫不犹豫地拿出来赌马修森的六百块。

那十条狗从雪橇上被解下来了，巴克带着自己的缰绳，被套上了这辆雪橇。眼前这群情激奋的场面把他也感染了，他朦朦胧胧地感觉到自己必须为桑顿干一件大事。一见巴克那英俊的外表，人群中禁不住发出一阵赞叹的低语。巴克处于极好的状态，浑身肌肉发达，筋骨强健。他体重一百五十磅，每一磅都体现出坚强刚毅。周身皮毛呈现出丝绸般的光泽，脖子到肩膀上覆盖着一层鬃毛，哪怕平静时也是半竖立的状态，只要动一下，鬃毛似乎就要立起来。他胸脯宽阔，前腿粗壮，与身体其他部分的比例极其协调。一块块结实的肌肉在皮毛下显得圆滚滚的，人们忍不住摸一把，都说结实得像铁块儿，于是赌注的比例降到了二比一。

"天哪！天哪！"一个暴发户连连惊呼，"先生，能把你的狗卖给我吗，我出八百块。用不着等到测试以后，就现在买，八百块。"

桑顿摇了摇头，走到巴克跟前。

人群肃静下来，能听见的声音就剩下赌徒招呼人们下二比一赌注的声音了。人人都承认巴克是条了不起的好狗，然而二十袋且每袋五十磅重的面粉，在人们眼里实在是太重了，让他们望而生畏，不敢打开自己的钱袋。

桑顿在巴克跟前跪下，双手捧起他的头，把自己的脸贴上去。他没有按老习惯摇晃他的脑袋，也没有说那些疼爱的骂语，而是凑到巴克耳边悄悄说："你是爱我的，巴克。你是爱我的。"巴克抑制住激动，呜呜地叫了几声。

人们好奇地注视他俩。这事变得神秘起来了，好像在施法术似的。桑顿站起来，巴克把他戴着手套的手叼在嘴里，使劲咬了几下，才不太情愿地慢慢松开。这便是回答，用的不是语言，而是爱。接着桑顿远远退到了后面。

"好了，巴克。"他说。

巴克拉紧缰绳，接着放松了几英寸。这是他学会的办法。

"向右！"在紧张的寂静中，桑顿发出尖厉的声音。

巴克猛地冲向右侧，缰绳嘭的一声绷紧了，把他那一百五十磅的体重猛地勒住。雪橇上的货物抖了一下，滑板底下发出清脆的咔嚓声。

"向左！"桑顿又发出命令。

巴克把刚才的动作重复一遍，但这次的方向是左侧。咔嚓声变成了剥裂声，雪橇转向左面，滑板松动了，还向旁边滑出去几英寸。雪橇崩开了冻结的冰面。人群屏住呼吸，紧张极了，觉得眼前发生的事情不可思议。

"预备，走！"

桑顿的命令犹如一声枪响。巴克猛地向前冲去，缰绳一振，随即绷紧。他使出最大的力气紧紧收拢身体，在丝绸般光滑的皮毛底下，筋骨扭动纠结。宽阔的胸膛紧贴地面，压低脑袋探向前方，脚爪子在地上飞快地拨动着，在坚硬的雪地上刨出两道平行的深沟。雪橇晃动着，震颤着，向前移动了。巴克的一条腿打了个滑，便有人啊呀了一声。紧接着，雪橇接连不断地动一动，停一停，一点一点挪动，再也没有完全停下……半英寸……一英寸……两英寸……抖动明显减少了；雪橇的动量渐渐增大，巴克控制住抖动，使雪橇开始匀速平稳地向前移动。

人们憋了一口气，现在又开始呼吸了，他们自己也没有意识到，刚才那一阵子他们曾停住了呼吸。桑顿跟在雪橇后面跑，边跑边简短地给巴克打气。距离是早就丈量好的，就在巴克接近那标志着一百码终点的柴火堆时，加油声变得震耳欲聋，巴克一过柴火堆，加油声突然变作一阵热烈的吼叫声。人群欢喜欲狂，连马修森也不例外，全都手舞足蹈，异常兴奋，一起把帽子、手套扔到空中。大家互相握手祝贺，不管对方是谁，逢人便握手，人人激动得语无伦次。

这时桑顿跪在巴克身边，和巴克头靠头，来回摇晃着。有些人急忙赶过来看，听见他在咒骂巴克，热烈地骂了很久，骂得温柔而亲切。

"天哪！先生！天哪！先生！"那个暴发户惊呼起来，"我出一千块买你的狗，先生，一千块，先生——一千二百块，先生。"

桑顿站起来。他的眼睛湿了，泪水毫不掩饰地顺着两颊流淌下来。"先生，"他对那个暴发户说，"不行，先生。见鬼去吧，先生。这是我能给你的最好答复，先生。"

巴克又把桑顿的手叼在嘴里。桑顿把他摇来摇去，仿佛被一种共同冲动所驱使。围观的人不约而同地退到一边，表示尊敬，再也不那么轻率地上前打扰了。

第七章

## 野性的呼唤

短短五分钟内,巴克就给约翰·桑顿赚了一千六百块钱,主人因此既可以还清债务,还能和两个搭档一块儿到东边去,寻找那片人们争相传说但却不知道确切地点的金矿,那是一片古老的金矿,它的历史和这个国家一样久远。很多人去探寻过,但几乎没有人找到过,而为数不少的人自从踏上这条探宝之路,就再也没有回来。这片消失的金矿笼罩着悲剧气息,神秘如云遮雾障。谁也不知道究竟是谁头一个发现了金矿,就连最早的传说里,也没有提起过他。传说以一间古旧破烂的小木屋开头。有几个从死亡边缘挣扎回来的人曾发誓说确实有这么一个金矿,小木屋所在的地方,就是金矿的所在地。他们还拿出一些天然金块，用来证明说的是实话，那些金块和北边人们已知的金子等级完全不同。

但盗取过这座宝库的人没一个活着回来，而逝者已逝。因此约翰·桑顿、皮特和汉斯带着巴克还有另外六条狗，踏上了一条不为人知的小路，出发去东边，要完成的是许多和他们一样出类拔萃的人都未能完成的事业。他们驾着雪橇向育空河上游跋涉了七十英里，向左拐上了斯图尔特河，翻越玛右山和麦魁琴山，再接着往上走，沿斯图尔特河追根溯源，一直被引领到大陆屋脊上，这条河在这里终于变作蜿蜒于层峦叠嶂中的一条小溪。

约翰·桑顿对人和自然都没有什么索求。他毫不惧怕荒野。有一把盐、一杆枪，他就敢一头扎进荒野中，高兴到哪儿就到哪儿，想待多久就待多久。他学着印第安人的样子，从容不迫地在旅途中猎取一点儿野味充饥。即便打不到野味，他也和印第安人一样照常起路，相信总会碰到猎物的。因而在进入东部的漫长旅途中，食谱清一色是肉，雪橇上主要装载的是弹药和工具，而时间则是毫无限制的未来。

对巴克来说，这趟旅行给他带来无限的欢乐，整天打猎、抓鱼，在陌生的地方漫无边际地游荡。有时他们会一天接一天地连续走上好几周，有时候他们又会随便找个地方扎营住下，一住就是好几周。狗群整日闲逛，人则点起火来，在冻结的腐土上烧出一个个洞，不停地清洗无数盘泥沙。他们有时候挨饿，有时候又暴饮暴食，全看猎物多寡和打猎的运气。到了夏天，狗和人都背上了背包，乘着木筏渡过山中一片片蔚蓝色的湖泊，用森林中砍伐的树干做成长而窄的独木舟，漂流过那些不知名的河流，顺流而下，或逆流而上。

一个月又一个月，他们在茫茫旷野中穿来穿去，所到之处，人迹罕至得连地图都没有标明。这里虽然荒无人烟，但那间"消失的小屋"如果确实存在，就肯定有人来过。他们冒着夏季的暴风雪翻山越岭，在树林带和雪线之间的荒秃地带，顶着半夜还高悬天空的太阳，冻得浑身发抖。偶或又踏进了沐浴在夏季里的山谷，热气蒸腾，蚊蝇成群。在雪山顶的阴影里，可以摘取透熟欲滴的草莓和鲜花，足以和南国的媲美。这年秋天，他们经过一片死寂的湖沼地。这里曾经野禽云集，如今此地却没有生命，甚至连存在过的痕迹也没有——唯有冷风呼啸，背阴处滴水成冰，湖面被风吹皱，涌起阵阵浪花，拍打着寂静的湖岸。

在又一个冬天里，他们四处游荡，追寻着曾在这里盘桓的先驱留下的足迹。一次，他们在林子里发现一条小道，沿途树干上有刻下的记号，表明这是一条古老的小道，而那座"消失的小屋"看样子就在附近了。可是这条小道看不到起点和尽头。究竟是什么人修的这条路，为什么而修，他们不得而知。另一次，他们发现了一个猎人用过的残破不堪的棚屋。约翰·桑顿翻开一堆破烂毛毯，居然找到了一条长筒燧发枪。他知道，这种枪是早期开发西北部时由哈得逊湾公司造的。当时这枪的价格不菲，相当于海狸皮一层层铺展叠起来到和它一般高的价值。除此之外，别无所获，棚屋为谁所建，又是谁把枪包在毯子里留在那儿，这些都是不解之谜了。

春天又一次来临，他们经过漫长的游荡后，并没有找到什么"消失的小屋",只是在一片开阔的山谷中发现了一条薄薄的金沙矿层,能淘出黄奶油色的金沙,聚集在淘金盘的底子上闪闪发亮。他们不再继续寻找了。在这里干上一天就能淘出价值几千元的纯净金沙和金块。于是,他们一头扎下来,天天干这活儿。他们把金子装进鹿皮口袋,每袋重五十磅,一袋袋堆在棚屋外边,看上去好像一垛劈好的木柴。他们像巨人一样辛勤劳动,乐此不疲,日复一日,如醉如痴,财宝与日俱增,堆得越来越高。

几条狗无所事事,只是偶尔去把桑顿打到的猎物拖回来,所以巴克有时间长久地趴在火堆边沉思。因为没什么事做,他便经常想起那个短腿毛人。他总是出神地眨巴着眼睛,仿佛已经同那人在记忆中的另一个世界里尽情游荡。

另外那个世界里最显著的东西好像就是恐惧了。巴克目不转睛地凝视着睡在火边的毛人,毛人的脑袋耷拉在两膝之间,还用双手遮挡着。巴克注意到毛人睡得并不安稳,常常惊醒,眼睛里带着恐惧,向黑暗中张望,一面往火堆上添几根柴。巴克还跟随毛人来到海边，一块儿捡拾贝壳，边捡边掏出贝壳肉吃掉，同时不断四下环顾，随时准备着，一旦出现危险的迹象，立即就撒腿奔逃。巴克跟随毛人去往密林深处，悄无声息地缓缓而行。他俩都十分警觉，耳朵竖立起来，灵活转动着，鼻翼一张一合。毛人和巴克一样，听觉、嗅觉都十分灵敏。毛人能一下跳到树上，抓住树枝，一荡一悠，如履平地，有时一荡就是十几英尺。松开一根树枝，抓住另一根树枝，而且万无一失。巴克记得在树下守候的夜晚，主人在树上睡觉，睡着了还紧紧抓着树枝，绝不会因睡着而松手。

　　和幻想中的毛人有密切联系的，是依旧回荡在密林深处的呼唤。随着呼唤声，一种强烈不安和怪异欲望充满了他的心胸，那是一种朦胧而甜蜜的快感。他自己也弄不清楚究竟是什么东西让他如此动心，令他如此神往，但他意识到了自己的这种心情。有时，他会不由自主地追寻着那种呼唤跑进森林，仿佛这呼唤是一个实实在在的东西，他自己也轻声叫几声与之呼应。他常把鼻子伸进冰凉的苔藓里,或是伸进杂草丛生的黑土里贪婪地嗅着泥土的气息,这时他会感到快慰;要不就躲到布满青苔的树干背后,打埋伏似的蹲上好几个钟头,瞪着眼睛,竖起双耳,仔细倾听周围的一切响动。他这么蹲伏着,也许是为了吓唬那个他听不懂的呼唤。然而他并不明白自己为什么要这样做。他只是被迫做这些,并不明白其中的原因。

一阵阵无法抗拒的冲动支配着巴克。炎热的白天,他躺在营地里懒洋洋地打盹儿,会突然惊醒,仰起脑袋,全神贯注地侧耳谛听。接着他会一跃而起,像箭一样冲出去,不停地奔跑,连续跑上好几个钟头,穿过树林,越过布满黑石块的林间空地。他很喜欢沿着干河床跑,喜欢偷窥树林里禽鸟的生活。有时他会在丛林里趴上一整天,暗自观看鹧鸪咕咕叫着高视阔步。但是他特别喜欢做的一件事,还是在夏日的夜色阑珊中奔跑,倾听睡梦中的森林发出呢喃细语,像人类读书一样辨认各种迹象和声响,搜寻那个神秘的、发出呼唤的所在——不管他睡觉还是醒着都无处不在、每时每刻都在召唤他的东西。

一天夜里,他蓦地从睡梦中惊醒,睁大眼睛,鼻孔一张一合深嗅着,鬃毛忽而伏倒忽而竖立。森林里传来了呼唤声(或者说只是呼唤的一个音调,因为呼唤有许多音调),是从未有过的清晰与真切——一声长长的嗥叫,像是爱斯基摩狗的嚎叫,但又不同。他熟悉这声音,以前曾听过,古老而亲切。巴克飞身而起,跃出沉睡的营地,敏捷又悄无声息地一头钻进森林。他靠近那个呼唤声时,放慢了速度,小心翼翼地迈着每一步,来到了一块林间空地,举目张望,发现是条瘦长的灰狼,正挺直腰杆蹲坐在地上,鼻尖指向天空。

巴克没有发出任何响动,但狼却停止嗥叫,试图感受巴克的踪迹。巴克悄悄走进空地,半蹲着往前挪动,缩紧身体,尾巴直挺挺地翘起来,每挪一步都小心翼翼。每个动作既是威胁,又在示好。威胁是避免争斗的手段,是以捕食为生的野兽相遇时的惯用伎俩。但是那狼一见巴克就立即转身逃走了。巴克紧追不舍,奔腾跳跃拼命想赶上去。追到一条山涧里,巴克把狼逼上了一条死路，前面有一堆木头挡道。那狼猛一扭身，动作和乔，以及那些被逼急了的爱斯基摩狗一样，以后腿为轴心，飞旋了半圈掉过头来，鬃毛倒竖，冲巴克疯狂地咆哮起来，龇牙咧嘴，上下牙不停地咔咔咬着。

巴克并不进攻，只围着狼兜圈子，以友好的方式靠近他。对方却满腹犹疑，心存畏惧。因为巴克比他重三倍，而他的脑袋伸直了也才够得着巴克的肩膀。他瞅了个机会溜掉了，接着巴克又去追他。他一次又一次被逼上绝路，一次又一次逃脱，但他的身体显然很不好，不然巴克也不能轻而易举地追上他。当巴克快要和他齐头并进时，他才突然掉转头，做出一副困兽犹斗的架式，一旦有机会，就抽身逃走。

但是巴克顽强的精神最后总算获得了回报。那狼发现巴克并无恶意，终于放松了戒备和他蹭了蹭鼻子。接下来他们便开始友好地玩耍，带着些心有余悸和拘谨羞涩。这是猛兽掩饰其凶猛本性的方式。随后那狼又奔跑起来，表明他想去一个地方。他分明是在告诉巴克，要带他一块儿去。于是，他俩在朦胧的夜色中并肩奔跑，沿着河床直奔上游,穿过河水流经的山涧,翻越河水源头那座童山濯濯的荒岭。

他俩从荒岭另一面的山坡顶上顺坡而下,来到一片开阔的平原,这里有大片的森林和纵横交错的溪流。他们一进入森林,就平稳地向前奔跑。跑了一个又一个钟头,太阳越升越高,天气越来越暖和。巴克欣喜若狂。他明白自己终于响应了那个呼唤,和山林伙伴并肩奔跑,目标正是发出呼唤的地方。古老的记忆飞快地在他脑中闪现,他已被这记忆唤醒,就像从前现实曾将他唤醒,而那时,古老的记忆只不过是一些模糊的影子。这事从前他做过,在另一个依稀记起的世界里。在那里的某一个角落,此刻他又这么做了,在空阔的原野自由奔跑,脚底下踩踏的是未经开垦过的土地,头顶上覆盖的是无边无际的浩瀚天空。

他俩来到一条小溪边喝水。刚停住脚,巴克便记起了约翰·桑顿。他蹲坐下来。那狼继续向发出呼唤声的方向跑去,见巴克没动就又折回来蹭蹭他的鼻子,做出种种示意,仿佛在鼓励他一样。可是巴克却转过身来,又慢慢循原路往回走。他在荒野里的兄弟和他一起跑了半个多钟头,还轻声呜呜地叫个不停。后来他终于停住脚步坐下来,鼻尖指向上方,仰天长啸。这是一种悲凉的嗥叫,但巴克还是脚步坚定地走下去,渐渐听到那嗥叫声一阵阵弱下来,终于在身后遥远的地方消失了。

巴克一头冲进营地,见约翰·桑顿正在吃饭,心中顿时升起一股爱意,情不自禁地扑到桑顿身上,把他掀翻在地,抓挠他,舔他的脸,咬他的手——用桑顿的话说,这是"傻劲儿上来了",而他也抓住巴克的脑袋摇晃个不停,嘴里一个劲儿亲昵地咒骂着。

此后接连两天两夜巴克一步也没有离开营地,一下也没有让桑顿走出他的视野。桑顿干活儿时,巴克始终跟在他身边,吃饭时也盯着他看,夜里睡觉时看着他钻进被窝,早上看着他钻出被窝。然而,两天后那个呼唤声又从森林中传来,而且比原来更迫切。巴克又不安分了,那荒野兄弟、山岭背后的灿烂原野、肩并肩奔跑在密林中的欣喜,种种回忆萦绕心头,挥之不去。于是他又不由自主地游荡进了森林,却看不见荒野兄弟的踪影。尽管他在漫漫长夜守候倾听,但悲哀的长啸之声再也没有响起。

他开始夜不归宿,有时候一连好几天在外面不回营地。一次,他还来到河水源头,翻过山岭,走下山坡,进了那片林木葱茏、小溪纵横的原野。他在那儿游荡了一个星期,耐心地寻找他的荒野兄弟,却一直不见踪影。他边赶路边猎食,一路漫游,轻松自在,丝毫感觉不到疲倦。他在一条最终流入大海的宽阔小河里捕捉大马哈鱼,在这条河边还杀死了一头大黑熊。因为黑熊在小河边捕鱼时,被蚊子叮瞎了眼睛,它绝望而暴怒,在森林里疯狂地乱窜一气。那是一场艰苦的战斗,唤醒了巴克身上最后存留的凶残。两天后,他又回到了黑熊尸体前,发现有十几条狼獾在争抢他的战利品,他不费吹灰之力就把他们驱赶得四散奔逃,逃走的狼獾还丢下两个同伴,这两个被丢在后面的可怜虫从此再也不会争吵了。

杀戮嗜血的渴望变得比以往任何时候都强烈了。他天生要杀戮和捕猎,生存靠的是捕食鲜活的动物,孤立无援，单枪匹马，全凭自己的力量和勇敢，在充满敌意、强者生存的环境中胜利地生存下来。因此，他为自己的能力感到由衷自豪，而自豪感又像瘟疫一样感染了他的整个肌体。这种自豪体现于他的一切行动，体现于每一块肌肉的活动，在他一举一动中，像语言一样明白无误地表达出来，而他那一身皮毛也越发光鲜明亮了。要不是嘴上、鼻子上和眼睛上方那几片棕色，以及他胸脯上的大片白毛，他会被误以为是一条硕大无比的狼——比狼族里最大的还要大。他的个头和体重是从他圣伯纳德种的父亲那里继承来的，而赋予他那个头和体重以完美体型的则是他的牧羊犬母亲。他的嘴只在形状上是长长的狼嘴，却又比任何一只狼的嘴都要大；他的脑袋是狼脑袋，但要宽一些，整个要大一圈。

他的狡猾也是狼特有的狡猾，是野兽的狡猾；他的智慧是牧羊犬的智慧，是圣伯纳德牧羊犬的智慧；所有这些，外加在最残酷的学校所获得的经验，使他跻身于游荡在荒野中最可怕的野兽之列。他是肉食动物，而且正处于生命力最旺盛的阶段，生气勃勃，活力四射。桑顿爱抚地用手在他背上摸过时，手下会发出噼噼啪啪的声响，在手掌的接触下，每根毛发都会释放潜藏的磁性。巴克身体的每个部分，不管是头脑、身体、神经组织还是肌肉纤维，都调整到了最完美的状态，各部分之间均衡协调，配合默契。当看到什么、听到什么或遇到什么而需要采取行动时，他能做出闪电般敏捷的反应。爱斯基摩狗进攻或防御时跳跃得敏捷神速，而他跳跃的速度是他们的两倍。一个动作或声音，他能比别的狗更快速地看见或听见，并立即采取行动。他可以在一瞬间发现情况、做出决定和反应。实际上，发现情况、做出决定和反应，这三项行动是依次完成的，但它们之间的间隔实在太短了，看上去就像是同时进行的。他的肌肉充满活力，可以像弹簧一样猛然发力。生命有如汹涌的潮水在他体内流动，欣喜而狂热，仿佛要使他在狂喜中碎裂，让生命的潮水溢满整个世界。

"这样的狗真是绝无仅有。"约翰·桑顿有天感慨说，当时几个搭档正看着巴克气宇轩昂地走出营地。

"他一出生，铸造他的模子就碎了。"皮特说。

"啊哈！我看也是。"汉斯表示赞同。

他们看见巴克走出营地，却没有看见他一旦隐没在密林深处便发生的那种可怕变化。他不再昂首阔步地往前走了。他摇身一变，立刻成了一头荒野中的猛兽，迈着猫步，悄然潜行，在密林的阴影中神出鬼没。他懂得如何利用各种物体做掩蔽，如何像蛇一样腹部挨着地爬行，并像蛇一样突然起跳出击。他能在松鸡窝里捕猎，一口咬死熟睡的野兔，能凌空捉住要跳上树逃命却晚了一秒钟的花栗鼠。开阔的水塘里，鱼儿也逃不过他的追捕；修筑巢穴的海狸十分机警，却也难逃他的尖牙利爪。他杀生是为了充饥，而不是出于恣意玩闹。他只吃自己杀死的猎物。于是他养成了一种鬼鬼祟祟的习惯，贯穿在他的各种行动中，而偷袭松鼠便是他的一大乐趣，就快捉到时，又故意放它们一马，把它们撵得心惊胆战，拼命蹿上树梢。

那年秋天来临，成群结队的麋鹿出现了，它们慢慢腾腾地向地势低洼、不那么寒冷的山谷转移，打算迁到那里过冬。巴克已经放倒了一只小麋鹿，但他并不满足，渴望更大更难对付的猎物，有天在小河源头那座山岭上他还真碰见了这么一头。一群麋鹿从那片溪流纵横、林木葱茏的地方走来，共有二十只，首领是一只高大的雄鹿。这家伙性子暴躁，身高六英尺多，是连巴克都有些难以应付的对手。雄鹿来回摇晃两只巨大的犄角，每只上各分出十四个叉，两只犄角的角端相距足有七英尺。他一看见巴克就怒吼起来，两只恶狠狠的小眼睛里燃烧着凶光。

这只雄鹿后腰上露出半支箭，箭尾还带着羽毛，难怪他那么暴躁。巴克那种捕猎的原始本能指引着自己，硬把这只雄鹿和鹿群分割开来。这事干起来并不容易。巴克与雄鹿正面相持，又叫又跳，刚好让雄鹿够不着他，否则那对巨大的鹿角足以致命，那双可怕的大扁蹄子也只消一下就能把他踩死。雄鹿摆不脱长着尖牙利齿的敌手死死纠缠，无法继续赶路，于是暴跳如雷，开始向巴克发起进攻。但巴克避其锋芒，佯装败退，又假装无路可逃，引诱雄鹿追赶。可是每当雄鹿被引出鹿群后，就有两三只年轻些的雄鹿跑来共同对付巴克，支援那只受伤的雄鹿归队。

有一种耐性是属于荒野的——像生命本身那样顽强，不知疲倦，不屈不挠——这种耐性使蜘蛛守候在网上，使毒蛇盘绕成团，使豹子暗地埋伏，长时间纹丝不动，这是猎食活物的生命所特有的耐性。巴克就具有这样的耐性，他执着地在鹿群周围紧追不舍，阻碍他们行进，激怒一只只年轻的雄鹿，让他们为鹿犊担心不已；他逼得那只受伤的雄鹿怒不可遏，却又毫无办法。就这样僵持了半天。巴克四下里反复进攻，像旋风围绕一般威胁着鹿群。他的牺牲品刚想返回鹿群，就又被他截断。他把猎物折磨得筋疲力尽，失去了耐性，而猎物的耐性总是不如捕猎者的耐性大。

白天渐渐逝去，夕阳沉落到西北方向的地平线下睡去了（黑暗又降临了，秋天的夜晚要持续六个钟头），而领队的雄鹿仍然无法脱身。年轻的雄鹿照旧跑来支援，但一只只都已经显得不太情愿。冬季即将来临，他们都很着急，想尽快到低洼的地方去，可是却老摆脱不了那纠缠不休的可恶家伙，搞得他们不能前进。不过，受到威胁的毕竟不是全体鹿群,也不是年轻雄鹿的生命。人家索取的只是一个成员的生命,这同他们自己的生命比起来,关系到底不那么重要,所以他们最后还是愿意付出这个代价。

暮色四合,老雄鹿低着脑袋停下脚步,注视着他的同胞——他的妻妾,他的儿女,他统治下的雄鹿——眼睁睁看着他们在渐渐暗下来的暮色中,慌慌张张、跌跌撞撞地离去了。他跟不上了,因为在他鼻子底下,跳跃着一个尖牙利齿的可怕家伙,挡住了他的去路。他体重有七八百公斤,一直很强健地活了很久,生命中充满厮打和斗争,现在却要死在这个家伙的尖牙之下,而对方的脑袋还不及他巨大的膝关节高。

从那时起,无论白天黑夜,巴克一刻也不离开他的猎物,不给他片刻休息的工夫,不允许他抬头吃树叶,也不许他低头吃白桦苗和柳树苗。跨过一条细水流淌的小溪时,巴克也不让受伤的雄鹿喝水,任由他火烧火燎地干渴。雄鹿常在绝望中突然撒腿奔逃上一大段路,这种时候巴克并不阻止他,而是轻轻松松地跟在他脚跟后面跑步，对这样的游戏感到心满意足。雄鹿跑累了站住时，巴克就索性躺倒在地，而雄鹿一旦试图吃东西或喝水，巴克就会对他发起凶猛的进攻。

雄鹿硕大的头颅在两棵树一样的大角下越垂越低，蹒跚的脚步也越来越不稳当。他开始长久地站立不动，鼻子抵在地面上，两只耳朵无力地耷拉下来，巴克倒也有了更多时间喝水休息。每当这时，巴克便伸出血红的长舌，两眼死盯着高大的雄鹿，似乎感到眼前的情景正在发生变化。他觉察出脚下的大地有一种新的躁动。麋鹿群进入这片原野时，另一些生灵也到来了。森林、溪流、空气都伴随着他们的出现而颤动。巴克得知这一消息，凭的不是视觉、听觉或嗅觉，而是另一种微妙的感觉。他并没有听见什么，也没有看见什么，但他知道这片土地有些异样。在这片原野上，有陌生的生灵在游荡徘徊，在蓄势待发。他决定先把眼下这事解决了，然后去查个究竟。

终于在第四天傍晚，巴克击倒了巨大的麋鹿。他在自己杀死的猎物旁边待了一天一夜，吃了睡，睡了吃，一轮接着一轮。等到休息好,恢复了体力,他掉转头准备回营地,回到约翰·桑顿身边。他放开脚步轻松自如地慢跑了很久,一小时又一小时,一直跑下去。一路上山重水复,而他一次也没有迷路,穿过陌生地带往家跑去,方向把握得毫厘不爽,连人类和他们的指南针都要感到羞愧。

一路上他越来越明显地感觉到了大地上新的躁动。这里到处都有生命,这和盘桓了一个夏天的那些生命不一样。这个事实,他用不着再通过某种微妙而神秘的方式感知了。鸟儿在诉说,松鼠在谈论,微风在耳语,都道出了这个秘密。有许多次,他停住脚步,酣畅淋漓地大口呼吸着清晨的新鲜空气,解读其中的信息,指引着他以更快的速度奔上归途。他忽然有一种大祸临头的压抑感,即便只是一种预感。于是,他翻过最后一座山岭,冲下山坡进入山谷,直奔营地,同时加强了戒备。

三英里之外,他发现了一道新鲜的足迹,不由得竖起脖子上的鬃毛,波浪似的一起一伏。那足迹一直通向营地,通向约翰·桑顿。巴克加快步伐,脚步敏捷,悄然无声，绷紧了每一根神经，警惕地注意着各种各样的微小迹象，这些迹象已经道出了这里发生的情况——所有情况，只有结局除外。他的鼻子对自己正尾随其后的生灵的去向做出了各种各样的猜测。他注意到了森林中的一种意味深长的静谧。飞禽全都销声匿迹，松鼠也都没了踪影。他只看见一个灰不溜丢的家伙，平倒在一根灰色的死树枝上，看上去就像树枝的一部分，像是树枝的一个木瘤。

巴克像幽灵般悄然而过，忽然，他的鼻子猛地向侧面一扭，好像一只有力的手拽了他一下。他马上循着气味走进树丛，发现了尼格。尼格侧身倒在地上死了，是临死前爬到这地方的。一支利箭穿透了他的身体，箭头露在一边，带羽毛的箭尾在另一边。

再往前走一百码，巴克遇到了一条狗，是桑顿在道森买来的几条狗当中的一条，只见他躺在小径上翻滚着，正在临死挣扎。巴克从他身边走过，没有停留。营地传来了微弱的嘈杂声，忽起忽落，像唱歌一样。巴克肚皮挨地匍匐爬行，来到营地边缘，一眼看见汉斯正脸朝地躺着，浑身插满了箭，像个刺猬。这时，巴克向树枝搭建的棚屋望了一眼，一望之下脖子上的鬃毛齐刷刷倒竖起来，禁不住怒火中烧。他不由得怒吼一声，这一声震天动地，凶恶异常。出于对约翰·桑顿的深爱，让巴克不顾一切，这也是他平生最后一次让激情代替狡诈和理智。

一帮印第安伊哈特人正围着倒塌的棚屋跳舞，忽然，他们听到一声可怕的巨吼，只见一头前所未见的猛兽朝他们扑来。这是巴克，一股暴怒的活旋风，带着疯狂的怒火，以横扫千军之势扑上去消灭他们。巴克径直扑向首领（伊哈特人的酋长），将其喉咙撕开，血如泉涌。他不再理会这个目标，而是就势把第二个家伙的脖子也撕开一个大口子。巴克勇猛异常，锐不可当，他跳到了他们当中，狂撕猛咬，大开杀戒，以可怕的动作连续进攻，并躲开了所有射向自己的箭头。事实上，他的动作快得不可思议，而那帮印第安人又乱作一团，结果射出的箭没射中巴克不说，反倒伤了自己人。一个年轻猎手凌空向巴克掷来一柄标枪，不料却正中另一个猎手的胸膛，那柄标枪的力量大极了，枪头从后背刺出，伸出了一大截儿。伊哈特人陷入一片惊慌，惊恐万状地向林子里逃窜，一边逃一边喊叫恶魔降临了。

巴克真的是魔鬼现身，哪怕他们逃到林子里，还在身后穷追不舍，像猎鹿一样，把他们一个一个击倒。这是伊哈特人大祸降临之日。他们四散溃逃，远离那个是非之地，一个星期后才在一个低洼的山谷里聚集，清点伤亡人数。巴克追得疲倦了，便返回荒凉的营地。他发现了皮特，死在自己的被窝里，是刚一惊醒就被杀了。桑顿拼命挣扎的痕迹还清楚地留在地上，巴克嗅着每一个细小的痕迹一直来到一个深水塘。在水塘边，脑袋和前腿浸在水里的是斯基特，她忠于职守直到生命的最后一刻。水塘里的水变成了泥水，混浊不堪，都是洗沙槽给折腾的，水里的东西全遮挡得严严实实，一点儿也看不见。约翰·桑顿就在水里，因为巴克一路跟着他的踪迹，直到那踪迹消失在这里，但却没有发现走出水塘的足迹。

整整一天，巴克要么闷闷不乐地守候在水塘边，要么焦躁不安地在营地转悠。死亡就是静止不动，是生命的终止，这他是知道的，他也知道约翰·桑顿死了。这使他内心感到极大的空虚，有点类似饥饿，而一阵阵伤痛轮番折磨着他，这是食物填补不了的空虚之痛。他偶或停下来凝视一具具伊哈特人的尸体时，会暂时把痛苦忘掉，这时他能体会到一种强烈的自豪感，胜过了以往有过的一切类似感觉。他杀了人，这是顶级的猎物，而他是面对棍棒和利齿的法则杀的人。他心中充满好奇，禁不住嗅了嗅那些尸体。他们死得可真容易啊。相比之下，杀死一条爱斯基摩狗要难得多。要不是有弓箭、标枪和棍棒，他们压根儿就不是对手。从今往后，他可是再也不怕他们了，除非他们手上拿着弓箭、标枪和棍棒。

夜幕降临，一轮满月从树梢后面爬起，高高升上天空，把大地照耀得白茫茫一片，仿佛阴间里的白天似的。随着夜晚来临，巴克一面在水塘边苦思冥想，伤心哀叹，一面又觉察到森林里有一种骚动，和伊哈特人造成的那种骚动截然不同。他站立起来侧耳倾听，深嗅着空气中的味道。这时远处飘来一声微弱的尖声嗥叫，接着又响起一阵合唱一样的尖嗥，彼此呼应。不久，那叫声越来越近，越来越响。巴克又一次明白，这就是萦绕在他记忆深处挥之不去的声音，那种在另一个世界里听到过的声音。他走到空地当中侧耳谛听。是那呼唤声，是那音调变化的呼唤声，比以前任何时候都更具诱惑力，更让他按捺不住。他一反常态，很乐于服从。既然约翰·桑顿死了，最后的牵挂也就断了。人类和人类的命令再也约束不了他了。

狼群猎食和伊哈特人捕猎一样，分散在鹿群的两侧。狼群终于越过溪流纵横、林木茂密的原野，侵犯巴克的山谷了。他们如同一条银色的洪流，涌入这片月光普照的空地，而空地中央正站着巴克，宛如一尊雕像，一动不动，静候他们的到来。狼群被震慑住了，他是那样的安宁，那样的高大，一时间狼群都停住不动了，少顷，便有一只最胆大的蓦地扑向巴克。犹如电光一闪，巴克顺势一口，咬断了来犯者的喉咙。随即又像刚才一样，站在那里稳如泰山，那只受伤的狼在他背后痛苦不堪地翻滚挣扎。又有三只狼接连发起猛烈进攻，又一一败下阵来，被撕破的喉咙和肩膀血流如注。

整个狼群见状一齐蜂拥而上，却乱作一团，挤成一堆，急于放倒猎物而互相碰撞，彼此妨碍。巴克以出其不意的速度和敏捷，稳稳占据优势。他以后腿为轴心，左旋右转，狂撕猛咬，迅速在自己面前形成一道不可逾越的屏障，使敌人无法靠近。但是为了防止敌人绕到他背后袭击，他不得不且战且撤，撤过水塘，退进一条小溪，一直退到背靠一面高高的堆积的砾石堤。他挪到堤下一个合适的拐角，这是人们淘金时堆成的，在这个拐角里，已有三面天然防线，只要抵挡正面就可以了。于是巴克打算凭借天险，与敌人决一死战。

巴克干得很漂亮，过了半个钟头，狼群败退了。一只只垂头丧气，耷拉着舌头，狼牙在月光照耀下泛着惨白的光。有些狼趴在地上，抬起脑袋，朝前支着耳朵；另外一些站在那里，盯着巴克看；还有一些在舔水塘里的水喝。有只狼瘦长身条，浑身灰色，小心翼翼地试探着走上前去，显出友好的姿态，巴克认出这就是那个荒野兄弟，曾和他一块儿奔跑了一天一夜。见他呜呜地叫唤着，巴克也呜呜回应了几声，于是他俩友善地蹭蹭鼻子。

随后就见一只瘦骨嶙峋、浑身伤疤的老狼走上前来。巴克抽动嘴唇，皱了皱鼻子，做出要咆哮的样子，结果却和他也蹭了蹭鼻子，相安无事。老狼坐下来，仰头把鼻子尖指向月亮，扯开嗓门发出长长的一声狼嗥。别的狼见状也都坐下，一起嗥叫起来。此刻这召唤声明白无误地灌进了巴克的耳朵。于是他也蹲坐下来，仰天长嗥。嗥叫了一阵后，巴克从自己的拐角里走出来，狼群簇拥着他，以一种既友好又粗野的方式，彼此都用鼻子嗅了一回。几只领头的狼又带领大家长嗥起来，然后奔进了树林。狼群紧跟在后面，齐声嗥叫。巴克也跟着他们跑，和他那个狼兄弟肩并肩，边跑边嗥。

巴克的故事到这里就可以圆满结束了。没过几年，伊哈特人就发现大灰狼的种群发生了一些变化。他们看到有些狼的脑袋和嘴上都长出了一片片棕色毛斑，胸口还有一溜白毛。然而比这更显著的是，伊哈特人传说有一条幽灵狗，常常跑在狼群前面。他们很害怕这条幽灵狗，因为他比他们还狡猾，在严冬总到他们营地去偷东西，打劫他们捕兽器中的猎物；杀死他们的狗，挑战他们最勇敢的猎手。

不仅如此，那故事越传越变味了。说有的猎手再也没有返回营地；有的猎手被本部落的人发现时，喉咙被凶残地撕破，周围雪地上还留着狼脚印，比任何狼的脚印都大。每年秋季，当伊哈特人追踪麋鹿时，有条山谷他们是绝不会去的。女人们围坐在火边，说起这事都不免悲从中来，传说恶魔已经降临，住进了那条山谷。

但是每年夏天，山谷里都会来一位拜访者，这事伊哈特人并不知道。那是一条皮毛光亮的大狼，与其他狼既相像，又不像。他会独自穿过那片林木葱茏的灿烂原野，来到林子里的一片空地上。这里有条黄水小溪从一堆腐烂的鹿皮袋里汩汩流出，渗入地下，黄水间长出高高的野草，水面盖满绿藻青苔，遮盖了那层黄色，使其隔离天日。他到这儿来沉思良久，嗥叫一番，其声悠长悲凉，而后悄然离去。

但他并不总是独自一个。每当漫长的冬夜来临，狼群追踪猎物进入低洼山谷时，可以看见他奔跑在狼群之首，在惨淡的月色或明灭的极光下奔腾跳跃，其形伟硕，超群出众。他那粗喉大嗓长啸狂歌，唱出世界之初的歌，那是狼群之歌。

（全文完）

**杰克·伦敦** | 1876年1月12日–1916年11月22日 | 作家、记者、远洋水手、探险家。生于美国旧金山。17岁登船捕鲸,到达日本海岸。20岁考入加州大学伯克利分校。次年加入克朗代克"淘金热",前往阿拉斯加。28岁赴远东采访日俄战争。30岁自建船只环游世界。1916年11月,因服用药品过量在自己的农场逝世,时年40岁。代表作:《野性的呼唤》《热爱生命》《白牙》《海狼》《马丁·伊登》等。

**贾文浩** | 翻译家,长期从事英汉翻译研究和教学。主要译著有《野性的呼唤》《热爱生命》《马丁·伊登》《飘》《名利场》《夜色温柔》《汤姆·索亚历险记》等二十余部。

**野性的呼唤**

产品经理｜朱　琳　　责任印制｜梁拥军
装帧设计｜王　媚　　出品人｜吴　畏

**图书在版编目（CIP）数据**

野性的呼唤 /（美）杰克·伦敦著；贾文浩 译. —西安：三秦出版社, 2018.8（2021.6 重印）
ISBN 978-7-5518-1883-4

Ⅰ. ①野… Ⅱ. ①杰… ②贾… Ⅲ. ①长篇小说 – 美国 – 近代 Ⅳ. ① I712.44

中国版本图书馆 CIP 数据核字 (2018) 第 191391 号

## 野性的呼唤

［美］杰克·伦敦　著　　贾文浩　译

| | |
|---|---|
| 出版发行 | 陕西新华出版传媒集团　三秦出版社 |
| 社　　址 | 西安市雁塔区曲江新区登高路 1388 号 |
| 电　　话 | （029）81205236 |
| 邮政编码 | 710003 |
| 印　　刷 | 北京市十月印刷有限公司 |
| 开　　本 | 880mm×1230mm　1/32 |
| 印　　张 | 5 |
| 插　　页 | 2 |
| 字　　数 | 70 千字 |
| 版　　次 | 2018 年 9 月第 1 版<br>2021 年 6 月第 4 次印刷 |
| 印　　数 | 16, 001–21, 000 |
| 标准书号 | ISBN 978-7-5518-1883-4 |
| 定　　价 | 45.00 元 |
| 网　　址 | http://www.sqcbs.cn |

如发现印装质量问题，影响阅读，请联系 021-64386496 调换。